W0220677

BATTLE OF THE BLOCKS 2

GEFANGEN IM NETHER

LIAM O'DONNELL

BATTLE OF THE BLOCKS 2

GEFANGEN IM NETHER

Aus dem Amerikanischen von Annette Mader

h.f.ullmann

Titel der Originalausgabe: *Battle of the Blocks 2: Nether Nightmare*
ISBN der Originalausgabe: 978-0-9919281-8-7

Cover-Design: Saboten
Umschlag-Layout: Axel Mahé

Übersetzung aus dem Amerikanischen: Annette Mader
Lektorat und Satz: ce redaktionsbüro für digitales publizieren
Redaktion: Franziska Funcke

Gesamtherstellung: Ullmann Medien GmbH, Potsdam

Printed in Germany, 2017

ISBN 978-3-7415-2168-3

10 9 8 7 6 5 4 3 2 1
X IX VIII VII VI V IV III II I

www.ullmannmedien.com
info@ullmannmedien.com
facebook.com/ullmannmedien
twitter.com/ullmannmedien

FSC www.fsc.org
MIX
Papier aus verantwortungsvollen Quellen
FSC® C129466

Kapitel 1

Es war lustig, im Nether zu sein, allerdings nur die ersten fünf Minuten. Dann wurde es tödlich.

BUMM!

Der Feuerball schlug direkt vor Hamid in die Wand aus Netherrack ein. Rötlichgelbe Steinbrocken flogen durch die Luft und rissen ein sehr großes Loch in die sehr kleine Wand, hinter der sich Hamid, Ant und Jaina versteckten.

„Sie haben uns entdeckt", sagte Hamid.

„Ach was!", schnappte Jaina.

„Ich kann dafür nichts!", rief Ant vorsorglich.

Über ihnen schwebten zwei Ghasts durch die lavaheiße Luft wie zwei gigantische Heißluftballons über einer Feiertagsparade. Allerdings schwebten diese Ballons nicht nur, sie spuckten Feuer und waren auf der Jagd.

Das ärgerliche Kreischen des vordersten Ghasts schnitt durch die Luft. Hamid sprach kein Ghastisch, war aber sicher, dass das fliegende, feuerspuckende

Marshmallow über ihnen eindeutig anderer Meinung war als Ant.

„Natürlich kannst du etwas dafür“, sagte Hamid. „Warum musstest du den Ghasts auch zurufen: ‚Kommt und holt uns!‘“

„Ich wollte das Zurück-zum-Absender-Prinzip auslösen“, verteidigte sich Ant. „Ist es so falsch, einen Ghast mit seinem eigenen Feuerball schlagen zu wollen?“

„Ja!“, antwortete Jaina knapp.

„Wir können doch nicht so bescheuerte Risiken eingehen“, schimpfte Hamid. „Wenn wir in dieser Minecraftwelt sterben, können wir auch in der echten Welt sterben. Erinnerst du dich?“

„Das wissen wir nicht sicher.“

„Wir werden es bald herausfinden, wenn wir hier nicht rauskommen“, stichelte Jaina.

„Wo sollen wir denn hin?“, fragte Hamid.

„Was spielt das für eine Rolle? Wir haben uns eh verirrt“, antwortete Ant.

„Was ja auch deine Schuld ist, Ant.“ Jaina duckte sich hinter der halb zerbombten Mauer, die noch zwischen ihnen und den schwebenden Ghasts stand. „Achtung! Da kommt wieder einer!“

Mit einem ohrenbetäubenden Knall rauschte ein weiterer Feuerball in ihre ärmliche Verteidigung.

„Ich habe gedacht, der Fluss aus Lava würde uns nach oben führen", rief Ant über die Explosion hinweg. „Woher hätte ich wissen sollen, dass er uns direkt zu einem Nistplatz von Ghasts führen wird?"

„Weil Jaina und ich es dir gesagt haben!", antwortete Hamid. „Aber hast du auf uns gehört?"

„Nein, hat er nicht", sagte Jaina.

„Ich wollte nur helfen", verteidigte sich Ant.

„Du kannst helfen, indem du uns folgst und schweigst", befahl Hamid.

„Dir wäre es wohl lieber, ich würde für immer weggehen", murmelte Ant.

„Bring mich nicht in Versuchung!", rutschte es Hamid heraus.

Hamid und Ant kannten sich schon aus der Zeit, als sie noch Windeln trugen. Von der Kindertagesstätte bis zum Nachsitzen hatten sie alles gemeinsam durchlebt. Und nun waren sie zusammen mit ihrer Freundin Jaina in dieser verrückten Minecraftwelt gefangen, die als Seedserver bezeichnet wurde. Die Reise in diese eckige Welt war diesmal jedoch nicht Ants Fehler. Diese Ehre gebührte Bano, dem seltsamen Dorfbewohner, der ihnen die Echten Diamantschwerter übergeben hatte, durch die sie schließlich hier in Minecraft gelandet waren. Es war Bano, der sie auf der Suche nach dem Seedgenerator tief unter die Oberwelt geführt hatte. Der Seedgenerator wurde vermisst. Er generiert die Startwerte für alle Minecraftwelten, die in der echten Welt erschaffen werden. Aber auch das war nicht Ants Schuld. Dafür war Rektor Whiner verantwortlich. Ihr Schulleiter wurde mit ihnen in den Seedserver gesogen und war ein größeres Übel als eine ganze Tonne voller Creeper.

Whiner hasste Minecraft so sehr, dass er es zerstören wollte, damit nie wieder jemand dieses Spiel spielen konnte. Er stahl den Seedgenerator, brachte ihn in den Nether und suchte nach genau dem Wesen, das ihn niemals in die Finger bekommen durfte: Herobrine.

Herobrine war keine mythische Minecraftlegende, sondern real und auf dem Server gefangen. Bekäme Herobrine den Seed, könnte er in die echte Welt entfliehen. Und er käme nicht allein. Creeper, Zombies und Skelette würden mit ihm die Spielewelt verlassen und auf die echte Erde kommen. Hamid schauderte bei der Vorstellung, wie Herobrine mit einer Armee von Creepern durch seine Nachbarschaft zog. Das Chaos wäre unvorstellbar. Häuser würden zerstört, Menschen verletzt und, viel schlimmer noch, Computerspiele für immer verbannt. Es gab nur eine Möglichkeit, diese Zerstörung zu verhindern: Sie mussten Whiner finden, bevor er Herobrine fand. Für den Moment aber wäre Hamid schon froh gewesen, nur ein besseres Versteck zu finden.

Noch ein Feuerball schlug in den Boden. Fast hätte der laute Knall das Bellen hinter ihnen übertönt. Jaina folgte dem Geräusch zu einer Öffnung oben an der Klippe aus Netherrack. Eine kleine, pelzige Gestalt stand am Eingang zu einer Höhle.

„Bones!", rief sie. „Du hast ein Versteck gefunden! Gutes Hündchen." Jainas gezähmter Wolf war ihnen auf ihrem Weg durch den Nether nie von der Seite gewichen. Seine gute Nase hatte sie schon davor bewahrt, in eine umherirrende Meute von Schweinezombies zu stolpern. Nun hatte er den perfekten Ort erschnüffelt, an dem sie das Ende der Bombardierung durch die Ghasts abwarten konnten. Jaina prüfte die Klippe und suchte nach einem Weg in die sichere Höhle. „Wir müssen klettern."

Ant war entsetzt. „Und in Stücke fliegen? Bloß nicht."

„Hast du eine bessere Idee, Ant?"

Selbst wenn er eine gehabt hätte, hätte Jaina nicht auf ihn gehört. Hamid wusste das. Ants Sorglosigkeit hatte ihnen die Ghasts auf den Hals gehetzt. Schon an guten Tagen war Jaina nicht sehr geduldig mit Ant.

„Einer von uns muss sie ablenken, während die anderen klettern“, schlug Hamid vor.

Jaina wandte sich an Ant. „Willst du sie immer noch besiegen, Schläger?“

Ant schluckte. Selbst seinem eckigen Minecraftavatar war anzusehen, dass er seine Prahlerei bereute.

„Ich bleibe bei dir, Kumpel“, sagte Hamid. „Wir werden sie gemeinsam besiegen.“

Ein Diamantschwert erschien in Ants Hand.

„Na, dann los!“, sagte er.

Zwei Ghasts schwebten näher.

„Sie kommen“, sagte Hamid. „Mach dich bereit zu klettern, Jaina!“

Jaina hockte sich wie eine Sprinterin hin, die auf den Startschuss wartet. „Tu, was du am besten kannst, Ant. Mach die Luftschiffe auf dich aufmerksam, und ich renne los.“

Ant brauchte keine zweite Aufforderung. Er sprang auf die Füße und winkte mit dem blauen Diamantschwert.

„Hierher, ihr Noobs!“

Die Ghasts kreischten und wandten sich Ant zu. Hamid hastete neben seinen Freund.

„Zeigt uns, was ihr drauf habt, ihr Riesenmarshmallows!“, rief er.

Leuchtend gelbe Bälle platzten aus den Mündern der Ghasts, Feuerbälle, die direkt auf sie zuflogen.

Hamid hob sein Schwert. „Lauf, Jaina!“

Jaina rannte zur Klippe, sprang und kletterte in Richtung Höhle.

„Ich nehme den rechten“, befahl Hamid. „Du nimmst den anderen.“

„Und wer nimmt den?“ Ant deutete auf die andere Seite des Lavasees. Ein dritter Ghast war in die Schlucht geflogen. Auch sein Feuerball raste auf die beiden zu.

Hamid fluchte. Sie hatten sich in ihrer Zankerei so verzettelt, dass sie den neuen Partygast gar nicht bemerkt hatten.

„Zeit für Plan B!“ Hamid sprang hinter ihre mickrige Wand aus Netherrack.

„Es gibt einen Plan B?“, fragte Ant.

Hamid zog seinen Freund zu sich nach unten. Drei Feuerbälle explodierten in der Wand, Steinbrocken flogen durch die Luft. Die Ghasts schluchzten frustriert auf und schwebten zurück über den Lavasee.

„Sie werden wiederkommen und uns erneut angreifen.“ Hamid blickte zur Klippe hinauf. Jaina hatte gerade erst den halben Weg zur Höhle geschafft. „Wir müssen sie noch einmal ablenken oder sie werden ihre Feuerbälle auf Jaina schleudern.“

„Diese Mauer wird eine weitere Explosion nicht überstehen“, antwortete Ant.

„Darum werden wir sie verlassen.“

Als die Ghasts wieder im Anflug waren, stand Hamid hinter der niedrigen Mauer auf und winkte mit hoch erhobenen Armen, bis die roten Augen der Ghasts ihn erfasst hatten. Mit einem ohrenbetäubenden Kreischen schoss jedes Monster einen Feuerball in ihre Richtung.

„Jetzt warst du es!“, sagte Ant.

„Lauf!“ Hamid kletterte die Klippe hinauf.

Der Feuerball schlug in die Mauer und wischte ihre Existenz aus. Ungeschützt und in Ermangelung einer besseren Idee folgte Ant Hamid die Klippe hinauf.

„Nur fürs Protokoll“, rief er kletternd. „Ich mag Plan B nicht!“

Kapitel 2

Auch Hamid war nicht gerade ein Fan von Plan B. Plan B enthielt viel Feuer und viel zu viele Möglichkeiten zu Sterben. Da aber alles im Nether mit Feuer zu tun hatte und der Tod allgegenwärtig war, war Plan B ihre einzige Alternative. Hamid kletterte mühsam die Felswand empor, Ant im Schlepptau.

Wieder schlug der Feuerball eines Ghasts neben ihnen in den Boden ein. Rund um Hamid ging alles in Flammen auf. *So muss man sich beim Erklimmen des Mount Everest fühlen*, dachte er, *ein aus Brennholz bestehender Mount Everest, der von bösartigen, mit Feuerbällen bewaffneten Monstern bewacht wird.*

Jetzt, wo sie ihr Versteck verlassen hatten, ließen die Ghasts einen Regen aus Feuerbällen auf die Freunde niederprasseln. Mit jeder Explosion entflammten mehr Blöcke um sie herum. Sollten die Feuerbälle ihr Ziel verfehlen, würden die Flammen sie garantiert erwischen.

Hoch über ihnen hatte Jaina die Höhle erreicht.

Bones begrüßte sie mit heftigem Gebell und feuchten Küssen.

„Beeilt euch, ihr beiden“, rief sie ihnen vom Höhleneingang zu.

„Tolle Idee“, konterte Ant, „ich wollte nämlich gerade ein Mittagsschläfchen einlegen.“

„Halt den Mund und kletter weiter.“ Hamid blickte nach hinten und sah einen roten Schleimwürfel auf den Block hinter Ant hüpfen. „Pass auf!“

Bevor Ant ausweichen konnte, machte der Magmawürfel einen weiteren Satz und bedeckte Ants Arm mit einer klebrigen Masse. Ant zuckte vor dem tödlichen Schleim zurück und versuchte verzweifelt, die glühende Pampe von seinem Arm abzuwischen.

„Das brennt!“

Der Magmawürfel kroch näher. Dieser miese Block lebendigen Schleims hatte Hunger auf mehr. Noch ein solcher Spritzer und Ant wäre viel zu tot, um sich um weitere Angriffe der über ihm kreisenden Ghasts Gedanken machen zu müssen.

Hamid sprang von seinem Felsvorsprung und schlug mit seinem Diamantschwert auf den Schleim ein. Laut zischend durchschnitt die Klinge den Würfel. Der mächtige Hieb ließ das klebrige Ding die Klippe hinunterstürzen.

„Netter Schlag, jetzt sind es vier."

Hamids Angriff hatte Ant zwar die Zeit verschafft, die Klippe weiter zu erklimmen, vervierfachte aber die Gefahr.

Unterhalb von Hamid kletterten nun vier kleinere Magmawürfel den steilen Anstieg zur Klippe herauf. Eigentlich hätte er wissen müssen, dass Schleime sich in vier kleinere, tödlichere Schleime teilen, wenn man auf sie einschlägt. Er beobachtete die herannahenden Würfel und hoffte, keinen allzu großen Fehler begangen zu haben.

Die dunkelroten Magmawürfel verschmolzen mit dem Rot des Netherrack. Hamid wandte sich wieder dem steilen Aufstieg zu, ließ aber die herannahenden Schleime nicht aus den Augen. Irgendetwas stimmte mit diesen Monstern nicht. Mitten in ihren roten Körpern blinkte ein grünes Licht, so gleichmäßig wie ein Herzschlag. Hamid hatte dergleichen im Nether noch nie gesehen.

Hoch über ihnen kreischten die Ghasts und machten sich zu einem weiteren Feuerangriff bereit. Diesmal gab es keine Mauer aus Netherrack, die sie vor den Feuerbällen schützen würde. Hamid kletterte weiter und wünschte sich verzweifelt an jedem anderen Ort zu sein, nur nicht an diesem.

Ein Pfeil bohrte sich hinter ihm in den Boden und verfehlte den Schleim, der sich an seine Fersen geheftet hatte, nur knapp.

„Oh, tut mir leid", hörte er Jaina von oben sagen.

Hamid wagte einen raschen Blick zur Spitze der Klippe. Jaina hatte einen weiteren Pfeil in ihren Bogen gespannt.

Ant hatte inzwischen einen sicheren Pfad erreicht und erklomm den Felsvorsprung, auf dem Jaina stand. Bevor sie durch das Netherportal gegangen waren, hatten sie sich in Slashaxs Lager bedient und sich ihre Ausrüstung zusammengestellt. Hamid war froh, dass sie sich dafür die Zeit genommen hatten und nicht gänzlich unvorbereitet hierhergekommen waren.

Der nächste Pfeil schlug rechts neben Hamid in den Boden. Er wünschte sich, Jaina hätte sich der Kunst des Bogenschießens ein wenig mehr gewidmet.

„Du solltest die Schleime treffen, nicht mich!" brüllte er nach oben.

Zwei Blöcke unter Hamid explodierte der Boden durch den Einschlag eines Feuerballs. Mit ein wenig Glück waren auch die Magmawürfel in Millionen Stücke zerborsten. Doch Hamid hatte nicht die Zeit zurückzublicken.

„Sie sind noch da, Hamid!“, rief Ant aus dem sicheren Höhleneingang.

Mit letzter Kraft robbte Hamid die letzten Blöcke hinauf. Die Freunde zogen ihn hastig in die sichere Höhle. Erschöpft ließen sich alle drei auf den Boden fallen, als ein weiterer Feuerball die Felswand erschütterte.

„Wir haben es geschafft!“ Jaina sprang auf und lief zum Höhleneingang. „Lasst uns noch schnell die Höhle verriegeln.“

Ein Netherrackblock erschien in ihrer Hand. Mit der Geschicklichkeit eines Minecraftprofis verbaute Jaina den Eingang mit Netherrack. Nach nur wenigen Sekunden waren sie sicher im Inneren des Bergs eingeschlossen. Allerdings war es nun auch stockdunkel.

Hamid fand eine Fackel in seinem Inventar und befestigte sie an der Wand. Warmes, gemütlich flackerndes Licht erfüllte die Höhle. Bones rollte sich auf dem Boden unter der Fackel zusammen und beobachtete die Mauer aufmerksam. Von draußen war das Kreischen der Ghasts zu vernehmen. Bones heulte bei jedem Kreischen kurz auf.

„Ruhig, mein Freund.“ Jaina kraulte Bones zärtlich hinter dem Ohr. „Für einige Zeit sollten wir hier sicher sein. Solange die Ghasts uns nicht sehen, können sie uns auch nicht mit Feuerbällen bewerfen."

Hamid betrachtete die verbliebenen Herzen in seinem unteren Blickfeld.

„Noch eine einzige Ghastexplosion und für mich wäre das Spiel gelaufen", stellte er fest.

„Für mich auch!", antwortete Ant und sackte zusammen.

„Alles okay mit dir?" Jaina legte ihren Arm um Ant. „Setz dich lieber ein wenig hin. Sieht so aus, als hätte dich das Feuer ziemlich mitgenommen."

Ant schob Jaina mit seinem blockigen Arm zur Seite.

„Ghasts, Feuer, Magmawürfel? Ich kann es mit allem aufnehmen!" Doch die Art, wie er den Kopf hängenließ, sagte etwas anderes. Hamid und Jaina stützten Ant und setzten ihn mit dem Rücken an die Wand.

„Ruh dich ein wenig aus. Hier sind wir erst einmal sicher", sagte Hamid.

Ant lehnte sich gegen die Netherracks und schloss die Augen.

Beim Anblick seines erschöpften Freundes schwanden auch Hamids letzte Energiereserven. Dabei hatte ihre Reise in den Nether doch so hoffnungsvoll begonnen. Sie hatten sich alle Zeit der Welt genommen, um sich gut auszurüsten, und waren auf das Schlimmste, was der Nether ihnen entgegenstellen konnte, vorbereitet. Voller Tatendrang waren sie durch das Netherportal gegangen und wie ein Rudel Bluthunde Whiners Spuren gefolgt. Doch als die Stunden zu Tagen wurden, ließ ihre Begeisterung allmählich nach. Bald irrten sie in dem unwirtlichen Feuerreich planlos und untereinander zerstritten umher.

Im Nether erging es einem immer so. Der unter der Oberwelt gelegene Nether war im Grunde nur eine Welt aus Feuer. Roter, sandiger Netherrack bedeckte den Boden, über dem ein heißer Wind aufstieg und in die steilen Klippen und Gebirge drang. Lavaflüsse schnitten sich in den Netherrack und ergossen sich in gewaltige Seen aus geschmolzenem Gestein. Unzählige Feuer durchzogen die Landschaft wie nach einer riesigen Schlacht. Hier unten gab es weder Himmel noch Sonne. Das ganze Land war von Netherrack eingehüllt. Das Gestein türmte sich hoch in der Luft zu einem riesigen Dachgewölbe auf, als wäre man in einer gigantischen Höhle eingeschlossen.

Hamid wagte sich ungern in den Nether, wenn er Minecraft spielte. Zu Hause in der realen Welt konnte er sich einfach ausloggen, sobald er genug von dieser brennenden, trostlosen Umgebung hatte. Jetzt aber war er hier eingesperrt, so weit weg von zu Hause wie nie zuvor. Am liebsten wäre er daheim, weit weg vom Computer, um mit seinem Vater etwas zu unternehmen. Es musste gar nichts Besonderes sein, es wäre schon genug, ihm beim Fegen der Auffahrt zu helfen oder den Müll herauszutragen. Ganz normale Dinge eben. Er würde sogar gern am Küchentisch sitzen und Hausaufgaben machen! Alles wäre besser, als hier im Nether gefangen zu sein.

Wenigstens war er nicht allein. Er hatte ja noch seine Freunde. Abgesehen von ihrem üblichen Gezänk und Ants Geschick, alles zu vermasseln, waren sie alle drei sich einig, dass die einzige Möglichkeit, diesem Albtraum zu entkommen, darin bestand, Rektor Whiner zu finden, bevor er Herobrine den Seed übergeben konnte. Das würde hoffentlich nicht unbedingt jetzt geschehen, wo sie in dieser winzigen Höhle eingeschlossen waren und draußen ein Geschwader feuerspeiender Ghasts auf sie lauerte.

„Komm zurück, Hamid!“, sagte Jaina aus ihrer Ecke. „Du hast wieder diesen völlig abwesenden Gesichtsausdruck.“

Hamid grinste. „Das kannst du mir ansehen trotz meines Blockkopfs?“

„Ich kenne dich zwar nicht so gut, wie Ant dich kennt, aber ich sehe, wenn deine Gedanken in eine falsche Richtung wandern."

„Sehr gut beobachtet", antwortete Hamid.

Jaina zuckte mit den Achseln, kramte einen seltsamen, grauen Block aus ihrem Inventar, stellte ihn auf den Boden und betrachtete ihn sorgfältig.

„Ist meine Oma schuld, die hat immer so bedeutungsschwere Sachen gesagt."

An den Seiten des Blocks blinkten bunte Lämpchen auf. Hamid erkannte ihn sofort als den Befehlsblock, den sie aus Slashaxs Festung mitgenommen hatten. Der König der Skelette hatte den Seedgenerator für Herobrine gestohlen und hielt über diesen Block mit ihm Kontakt. Jaina hatte darauf bestanden, ihn mit in den Nether zu nehmen, obwohl Hamid keine Ahnung hatte, wie dieser Block ihnen in diesem Reich aus Lava und Feuer nützlich sein könnte.

„Kriegst du dieses Ding zum Laufen?"

„Noch nicht", antwortete Jaina nach einer Weile. Sie war völlig auf den Block konzentriert. „Lass mir Zeit, ich schaffe das schon."

Zeit. Jaina wollte immer Zeit. Sie hatte sich auch die Zeit genommen, um die Ausrüstung zusammenzustellen, bevor sie durch das Netherportal gingen, um Whiner zu folgen. Neben Nahrung, Fackeln und dem Befehlsblock hatte sie sich noch mit Redstonestaub, Hebeln, Knöpfen und Verstärkern eingedeckt.

In ihrer Minecraftgruppe war sie der Redstoneprofi. Ant war ein einfallsreicher Baumeister, der fantastische Gebäude errichtete und damit alle verblüffte. Hamid hingegen arbeitete lieber hinter den Kulissen des Spiels. Er betrieb den Server, auf dem sie zu Hause und im Minecraftclub mit ihrem Lehrer Mr. Rodinaldo spielten.

Von dort, wo Ant gegen die Wand gesackt war, ließ sich ein leises Stöhnen vernehmen. Er war tatsächlich eingeschlafen, schien aber schlecht zu träumen.

„Sollen wir ihn aufwecken?", fragte Hamid.

Jaina blickte nicht von ihrem Befehlsblock auf.

„Lass ihn schlafen. Er muss sich erholen."

Immer mehr Ghasts heulten vor der Höhle.

„Sie gehen nicht weg", sagte Hamid. „Sie scheinen zu wissen, dass wir hier drin sind, und warten nur darauf, dass wir unsere Köpfe aus diesem Loch stecken."

Jaina betrachtete den zugebauten Höhleneingang.

„Stimmt", erwiderte sie, „wir können nicht gegen sie kämpfen, aber vielleicht können wir uns davonschleichen."

„Davonschleichen? Aber wie?"

„Es gibt da ein kleines Loch in der gegenüberliegenden Wand." Jaina wandte sich wieder dem Befehlsblock zu. Die farbigen Lichter waren trüb und leblos. Sie runzelte die Stirn. „Ich habe es gesehen, als ich in die Höhle kam. Bevor ich euern Hintern gerettet habe."

„Du meinst wohl, bevor du uns beinahe in den Hintern geschossen hast."

„Das sind Details." Sie lächelte verschmitzt. „Sieh nach, wo das Loch hinführt. Du scheinst ja nicht schlafen zu wollen, und es macht mich nervös, wenn du hier herumhängst."

Hamid musste ihr Recht geben. Es war eine gute Idee nachzusehen, wohin das Loch führte. Schließlich wollten sie ja nicht von noch mehr Schleimen oder Schweinezombies überrascht werden, die auf der Suche nach einer Mahlzeit waren. Er überließ Jaina ihrer Bastelei und Ant seinem Albtraum.

Der Tunnel war niedrig und eng, nur zwei Blöcke hoch und einen Block breit. Er führte wie eine Treppe nach oben. Hamid fragte sich, ob er natürlich entstanden oder von einem früheren Entdecker gebaut worden war. War Whiner gar hier entlanggekommen? Soweit er wusste, waren sie und der Rektor die einzigen Leute aus der realen Welt auf diesem Seedserver. Alle anderen Wesen, die sie bisher getroffen hatten, waren entweder NPCs oder Monster.

Ein rechteckiges, blassrotes Licht fiel durch die Öffnung des Tunnels am anderen Ende. Hamid kletterte weiter und befestigte auf seinem Weg Fackeln an den Wänden. Er erreichte das Tunnelende und stand nun auf einem kleinen Absatz. Neben ihm ragte eine Klippenwand aus Netherrack steil in die Höhe und verschmolz mit der Netherkuppel. Unter ihm breitete sich eine schier endlose Nethersteinwüste aus. Magmawürfel schlurften stumpfsinnig hin und her. Ein ziemlich ausgetretener Pfad zog sich quer durch das Gelände. Schleime hinterließen keine derartigen Spuren! Von wem stammten sie? Wo führten sie hin?

In der Ferne tauchte ein riesiger, weißer Ghast auf. Er schwebte über dem Lavasee, den sie zuvor schon bemerkt hatten. Hamid duckte sich hinter einen Netherrackblock. Falls dieser fette Ballon ihn entdecken würde, wäre ihre Chance zur Flucht vertan. Der Ghast waberte über dem brennenden See wie ein Heißluftballon über einem Baseballfeld. Hamids Bauch verkrampfte sich, als wäre er von einem Baseballschläger getroffen worden. Er war schon oft mit seinem Vater bei Baseballspielen gewesen. Sie hatten immer mit ihren Handschuhen am Spielfeldrand gesessen und gehofft, einen Home-Run zu erwischen, um so ein Gratissouvenir zu ergattern. Allerdings waren sie schon lange nicht mehr bei einem Spiel gewesen, obwohl sein Vater es ihm oft angeboten hatte. Doch Hamid hatte es vorgezogen, zu Hause zu bleiben, gebannt vor seinem Computer. Jetzt, wo der Ghast über den Wellen des Lavasees schwebte, hätte er sich am liebsten von dieser Welt abgestöpselt, um bei seiner Familie zu sein. Er verscheuchte seine Erinnerungen und ging durch den Tunnel zurück.

Als Hamid zurückkam, schlich Jaina noch immer nachdenklich murmelnd um den Befehlsblock herum. Die Lämpchen flackerten und blinkten wie bei einem Computer unter Schwerstarbeit.

Jainas Schwert steckte seitlich im Block. Ant lag immer noch im Tiefschlaf und bekam gar nicht mit, wie aufgeregt Jaina war.

„Ich habe es geschafft", sagte sie stolz, als sie Hamid bemerkte. „Ich hab ihn anbekommen!"

„Und das ist jetzt wichtig, weil ...?"

Jaina rollte mit den Augen. „Ich dachte, du verstehst es!"

„Was soll ich verstehen, Jaina? Whiner ist dabei, den Seed zu Herobrine zu bringen. Wir müssen hier raus und ihn finden. Haben wir wirklich die Zeit, Experimente mit Befehlsblöcken zu machen?"

„Ja, haben wir", entgegnete Jaina trotzig. „Als Serveradministrator weißt du doch, dass Befehlsblöcke sehr leistungsfähig sein können."

„Schon, aber nur der Operator kann sie nutzen", gab Hamid zurück. „Wir sind in dieser Welt nicht die Operatoren. Wofür also sollen sie gut sein?"

„Ja, wir sind nicht die Operatoren hier, aber unsere Schwerter sind es!" Jaina grinste. „Unsere Klingen sind aus Echten Diamanten hergestellt, und diese Diamanten können eine Menge!"

„Na klar, sie konnten uns ja auch in diese Minecraftwelt versetzen."

„Genau." Jaina ging um den Befehlsblock herum. Seine Lichter flackerten regelmäßig auf. Ihr Schwert aus den Echten Diamanten haftete am Block, als gehörten beide zusammen. „Da ich nur ein gewöhnlicher Spieler auf diesem Server bin, kann ich allein den Befehlsblock nicht öffnen."

„Aber mit deinem Schwert wirst du Operator?" Hamid war erstaunt.

„Wenn ich das Schwert in die Nähe des Blocks halte, rastet es sofort ein. Es ist, als wäre es nur für diesen Zweck hergestellt worden."

„Kein Wunder, dass Slashax diese Schwerter unbedingt haben wollte." Hamid begann allmählich zu begreifen.

„Der alte Knochenschädel hat mich auf diese Idee gebracht. Er ist über diesen Block mit Herobrine in Verbindung getreten", sagte Jaina.

„Erinnere mich bloß nicht daran." Hamid erschauderte. Er hatte noch sehr gut in Erinnerung, wie sich der König der Skelette mit der absoluten Chaosgewalt unterhalten hatte.

„Herobrine war nicht in der Oberwelt, in der Slashax seinen Stützpunkt hat", erklärte Jaina.

„Ja, er ist im Nether. Darum hatte Slashax ja auch ein Netherportal."

„Ich glaube auch nicht, dass er hier ist." Jaina wandte sich wieder dem blinkenden Befehlsblock zu. „Slashax benutzte diesen Block, um mit Herobrine zu sprechen, der in einer anderen Welt ist. Wir müssen einen Weg finden, das auch zu schaffen."

„Du möchtest mit Herobrine telefonieren?"

„Falsch!" Ein spitzbübisches Lächeln breitete sich auf Jainas blockigem Gesicht aus.

„Ich möchte nach Hause telefonieren."

Kapitel 3

Stimmen weckten Ant.

Komm zu uns. Bring sie uns, dann kannst du gehen. Jetzt.

Er blinzelte und wollte Hamid gerade bitten, ihm noch ein paar Minuten Schlaf zu gönnen.

Doch Hamid lag ganz in seiner Nähe und schlief. Jaina lag ausgestreckt in ihrem rotweißen Bett an der gegenüberliegenden Wand.

Ant, komm zu uns. Nimm, was wir begehren, und bring es uns.

Als Ant seinen Namen hörte, setzte er sich auf. Der raue Netherrack grub sich in seinen Rücken. Eine einsame Fackel flackerte an der Wand gegenüber. Er befand sich in einer kleinen Höhle. Sein ganzer Körper schmerzte. Sein Kopf fühlte sich an, als hätte man mit ihm Fußball gespielt. Sein linker Arm brannte schrecklich. Er bemerkte einen langen, grünen, pulsierenden Streifen auf seiner Haut, als hätte er seinen Arm in einen Bottich mit giftiger Säure getaucht. Die

Verletzung beunruhigte Ant nicht. Er wusste, dass sie dorthin gehörte. Eine kurze Erinnerung an eine Verfolgungsjagd blitzte auf. Doch so schnell sie gekommen war, so schnell war sie wieder weg.

Bring uns, was wir begehren.

Die Stimmen kehrten zurück und drangen in seine Gedanken. Er zog sich langsam mit den Händen an der Wand hoch, bis er auf seinen Füßen stand. Behutsam wagte er einen Schritt nach vorn. Dann noch einen. Er schüttelt den Kopf, um die Spinnweben loszuwerden, die sein Gehirn vernebelten. Ein Frösteln durchlief ihn von Kopf bis Fuß. Er hatte sich irgendetwas eingefangen. Vielleicht ein Insekt oder gar die Grippe? Er sollte Hamid wecken. Der würde schon wissen, was zu tun sei. Hamid war immer so vernünftig. Garantiert hätte er ein kleines Hühnersüppchen oder etwas Ähnliches für ihn. Er bückte sich, um seinen Freund zu wecken, doch seine Hand erstarrte in der Luft.

Stör ihn nicht. Nimm, was wir begehren. Bring es uns.

Ant zog seine Hand zurück. Hamid schlief so friedlich, es wäre nicht richtig, ihn jetzt zu wecken.

Bring uns …

Er musste vorsichtig sein, um Hamid nicht zu stören. Ant beugte sich erneut zu seinem Freund hinunter.

Ein Inventar erschien vor ihm. Jeder Slot war mit Gegenständen gefüllt, die Ant dort nicht hineingelegt hatte: Netherrackblöcke, Stapel von Fackeln, Brotlaibe und Kohle. Ant fragte sich nicht, wieso er in Hamids Inventar blicken konnte, er konnte es einfach. Auf mehr kam es nicht an.

Bring uns, was wir begehren.

Ant wusste, was die Stimmen zum Schweigen bringen würde. Alle Gegenstände in Hamids Inventar stammten aus Slashaxs Lagerraum, alle, bis auf einen.

Mit einem bloßen Gedanken verschwand Hamids Echtes Diamantschwert aus seinem Slot und tauchte in Ants Inventar wieder auf. Hamid schnarchte ungestört weiter. Transfer erfolgreich beendet.

Bring uns …

Leise wie ein Dieb entfernte sich Ant von seinem schlafenden Freund. Wie Hamid schlief auch Jaina tief und fest. Die langen Märsche und die Flucht vor den Ghasts hatten ihren Preis gefordert. Das würde Ants Aufgabe erleichtern. Das Fieber brannte in seinem Körper wie flüssiges Gestein. Ant bekämpfte den Drang, sich den Schmerz aus dem Leib zu kratzen.

Bring …

Ant konzentrierte sich auf Jaina. Ohne dass er wusste, wie oder warum, erschien nun ihr Inventar vor ihm. Er sah die gleiche Ansammlung von Blöcken, Nahrung und Ausrüstung. Nur ein Block war anders als die anderen, er flackerte wie ein Regenbogen aus blinkenden Lämpchen.

Was wir begehren …

Ant lenkte seine Aufmerksamkeit weg von dem eigenartigen Block auf das blaue Diamantschwert. Mit dem nächsten Gedanken wurde das Echte Diamantschwert aus Jainas Inventar in sein eigenes übertragen.

Bring uns …

Geräuschlos ließ Ant seine Freunde zurück und schlüpfte in den kleinen Tunnel auf der anderen Seite der Höhle. Wie ein Schatten schlich er auf den Vorsprung, von dem man über den schier endlosen Nether blicken konnte. Ein Ghast schwebte träge über ihn hinweg. Magmawürfel schlurften unten auf dem Boden umher. Nichts davon beunruhigte ihn. Er kannte ihr Verhalten so gut wie ein Jäger seine Beute. Der Nether war ihm so vertraut, als wäre er hier geboren. Die flachen Fußabdrücke auf dem Felsvorsprung sagten ihm, dass Hamid einige Stunden zuvor hier gestanden hatte. Die gleißende Luft hinter dem schwebenden Ghast verriet dessen Flugverhalten und die Richtung, in die er steuerte. So war es ein Leichtes, seiner Aufmerksamkeit und seinen Feuerbällen zu entgehen.

Er fröstelte. Das Fieber traf ihn bis ins Mark und enthüllte gleichzeitig die Geheimnisse jedes einzelnen Blocks in dieser feurigen Welt.

Ant wusste nicht, wie lange er überleben würde. Doch als er auf die brennende Landschaft vor ihm blickte, wusste er, dass er hier zu Hause war. Er gehörte in den Nether und würde ihn nie wieder verlassen.

Bring uns, was wir begehren …

Er betrachtete die drei Diamantschwerter in seinem Inventar. Er würde ihnen bringen, was sie begehrten. Ant würde das Versprechen einlösen, dass er den Stimmen in seinem Kopf gegeben hatte. Er kletterte den Felsvorsprung hinunter und betrat die flache Ebene des Nether.

Binnen Minuten war er nur noch ein Punkt am Horizont, weit weg von seinen zwei Freunden, die immer noch schliefen und von einer Flucht träumten, die es niemals geben würde.

Kapitel 4

Wie von einer Redstonefackel aktiviert, schoss Hamid kerzengerade hoch.

Schon bevor er die Augen geöffnet hatte, wusste er, dass etwas nicht in Ordnung war. Sein Inventar lag geöffnet vor seinem Blickfeld. Dort, wo das blaue Diamantschwert gewesen war, gähnte nun ein leerer Slot.

„Es ist weg!“

Jaina lag auf dem Boden und hatte sich eng an Bones geschmiegt.

„Gib mir noch fünf Minuten“, grummelte sie, als Hamid sie schüttelte. „Nichts da! Steh auf! Ant, du wachst auch besser sofort auf.“

Hamid starrte ungläubig auf den leeren Platz, wo Ant hätte sein sollen. Das letzte Mal, als Hamid nach ihm gesehen hatte, lag er noch fiebrig und zitternd im Schlaf.

„Er ist auch weg!“

„Wer ist weg?“ Jaina wischte sich den Schlaf aus den Augen. Bones streckte sich und gähnte mit weit aufgerissenem Maul.

„Ant ist weg, und er hat mein Schwert!“ Ein Blick auf den leeren Slot hatte genügt, und Hamid war klar, dass Ant hinter dem Verschwinden seines Schwertes steckte. Es blieb nur eine Frage: „Wie hatte er es geschafft?“

Jaina öffnete ihr Inventar. „Meins ist auch verschwunden.“

Sie sprang auf die Füße und klopfte gegen den Netherrack, der das Höhlentor verschloss.

„Hier ist er nicht rausgegangen“, stellte sie fest.

„Wie vom Erdboden verschluckt“, brummte Hamid.

„Wir müssen nach ihm suchen.“

Ein heißer Lavastrom brannte sich durch Hamid.

„Nein“, schimpfte er. „Ich bin es leid, Ant hinterherzulaufen. Er hat sich nur einen blöden Scherz erlaubt, unsere Schwerter gestohlen und lacht uns jetzt aus.“

„Ich weiß nicht“, erwiderte Jaina. „Als ich das letzte Mal nach ihm gesehen habe, war er nicht gerade zum Scherzen aufgelegt. Er hatte Fieber und konnte sich kaum bewegen.“

Ihre Worte konnten Hamids Wut nicht zügeln. Wieder so eine vollkommen verrückte Spinnerei von seinem sogenannten Freund. Ant hatte ein Händchen dafür, schlimme Situationen noch schlimmer zu machen. Lehrern gegenüber riss er die Klappe auf, wenn es besser gewesen wäre, seinen Mund geschlossen zu halten. Den stärksten und größten Kindern in der Schule spielte er dumme Streiche. Solche Streiche gingen immer nach hinten los und zogen Hamid mit hinein, während Ant sich still verdrückte.

Er hatte keine Lust mehr, seinen Freund gegen verärgerte Sportskanonen und wütende Lehrer zu verteidigen. Er hatte genug davon, ihm ständig aus der Bredouille zu helfen. Was immer Ant nun vorhatte, von nun an war er auf sich allein gestellt.

„Wir werden nicht nach ihm suchen", entschloss Hamid. „Ich renne nicht durch den halben Nether hinter ihm her, damit er hinter irgendeinem Netherrack hervorgesprungen kommen und rufen kann: ‚Hab dich!'"

„Ich glaube nicht, dass es ein schlechter Scherz ist, Hamid."

„Du kennst Ant nicht. Außerdem müssen wir Whiner finden. Weißt du noch? Wenn er Herobrine den Seed bringt, ist es ziemlich egal, wo Ant hingelaufen ist."

„Wir brauchen aber unsere Schwerter", beharrte Jaina. „Sie sind der Schlüssel, um den Befehlsblock zu aktivieren." Sie eilte an Hamid vorbei und verschwand die Stufen hinauf Richtung Tunnel.

„Nimm die Fackeln mit, wenn du nachkommst."

Bones lief hinter ihr her und ließ Hamid allein zurück. Er verfluchte seinen Freund. Ob er es wollte oder nicht, sie mussten ihm hinterherlaufen.

Vom Felsvorsprung aus war nichts von Ant zu sehen. Ein paar Ghasts überwachten den Luftraum über der brennenden Flüssigkeit.

„Er kann überall sein, falls er nicht von einem dieser Ghasts gesprengt worden ist", sagte Hamid.

„Dann sollten wir jetzt mit der Suche beginnen." Jaina hüpfte vom Felsen und kletterte den Netherrackhügel hinunter.

Hamid stieß noch ein paar Flüche auf seinen Freund aus und folgte Jaina. Als er sie eingeholt hatte, lehnte sie an einer Steinmauer. Bones rannte im Kreis umher und beschnüffelte den staubigen Boden. Plötzlich blieb er stehen, spitzte die Ohren und begann zu bellen.

„Was macht er da?" fragte Hamid.

„Er ist unser Suchhund." Jaina kraulte sein Fell. „Lauf, finde Ant! Los!"

Bones bellte erneut und trabte glücklich davon, die Nase dicht am Boden. Dann hielt er inne, kehrte zu Jaina zurück und bellte noch einmal.

„Ich glaube, er möchte, dass wir ihm folgen."

„Folgen? Wohin? Er weiß doch auch nicht, wo Ant ist."

Jaina zuckte mit den Schultern. „Im Moment weiß der Hund mehr als wir."

„Du willst deinem Hund durch den Nether folgen?"

Sie lief inzwischen hinter Bones her und rief über die Schulter zurück: „Hast du eine bessere Idee?"

Hatte er nicht. Also beeilte er sich, die beiden einzuholen.

Bones führte sie um den Netherrackhügel herum auf offenes Gelände. Mit jeder neuen Witterung führte er sie weiter von ihrer Höhle fort, tiefer in den Nether.

Hamid hatte keine Ahnung, ob der Hund sie in die richtige Richtung lenkte. Aber was blieb ihnen anderes übrig, als ihm zu folgen? Warum hatte Ant die Schwerter an sich genommen? Wo war er hingegangen? Würde es irgendjemanden kümmern, wenn Hamid ihn in ein Lavabecken stoßen würde?

„Was brummst du da vor dich hin?" Sie waren inzwischen einige Minuten Bones schlängelnden Spuren gefolgt.

„Tut mir leid", murmelte Hamid.

„Ist schon gut, ich bin auch von ihm genervt."

„Warum hat er das bloß gemacht? Warum hat er die Schwerter gestohlen? Wieso ist er weggelaufen?

Habe ich etwas Falsches gesagt?", fragte Hamid mit ratloser Stimme.

„Wer weiß?", erwiderte Jaina. „Ich bin nur froh, dass er meinen Befehlsblock nicht auch hat mitgehen lassen. Wenn ich ihn zum Laufen kriege, kann ich vielleicht eine Nachricht in die wirkliche Welt senden."

„Aber dazu brauchst du doch die Echten Diamantschwerter."

„Ja, und genau darum müssen wir unseren teuren Freund ja auch finden."

Vor ihnen stand Bones auf einem kleinen Hügel und kläffte, als stünde sein Fell in Flammen.

Jaina und Hamid rannten zu ihm.

„Was ist los, Junge?" Jaina versuchte, Bones mit einer kleinen Umarmung zu beruhigen, aber der Hund bellte weiter. Mit starrem Blick fixierte er einen Punkt am Horizont.

Der Hügel endete an einer wie von einem Messer abgeschnittenen Kante. Eine weite und tiefe Schlucht öffnete sich zu Hamids Füßen. Tief unter ihm schlängelte sich ein reißender Lavastrom durch eine Spalte. Die Lava floss blubbernd und kochend hinab und setzte auf ihrem Weg die Ufer in Brand.

Bones scharfe Augen waren auf eine Stelle auf dem Grund der Schlucht gerichtet. Er bellte laut und wütend. Jaina versuchte zu erkennen, was den Hund so erregte. Dann zeigte sie auf eine kleine, dunkle Gestalt am anderen Ufer des Lavastroms.

„Da ist Ant!" rief Jaina.

„Er rennt, als stünde sein Hintern in Flammen."

Ihr Freund war zwar nicht mehr als ein weit entfernter Punkt in der Landschaft, aber es war zweifellos Ant. Eilig und zielsicher lief er am Ufer des Flusses entlang.

„Er weiß offenbar genau, wo er hin will." Jaina war erstaunt.

„Ich wünschte, wir wüssten das auch", seufzte Hamid. Der Weg zum Fluss hinunter war steil und weit. „Ant ist so weit weg, wir können ihn nicht einholen."

„Das ist im Moment unser geringstes Problem." Jaina stand mit dem Rücken zur Schlucht und blickte den Weg hinauf, den sie gekommen waren.

Hamid wirbelte herum und sah eine Wand aus rosa Schnauzen, die ihm entgegengrunzte.

„Schweinezombies!"

Sie hatten sich so darauf konzentriert, Bones zu folgen, dass sie die Monstermeute hinter sich gar nicht gehört hatten.

Die grunzenden Schweinezombies bedrohten Jaina, Hamid und Bones mit ihren goldenen Schwertern und hatten sie rasch umzingelt. Hamids Magen drehte sich beim Anblick ihres verrotteten Fleisches und der gut sichtbaren Knochen um. Sie standen auf zwei Beinen wie normale Zombies, bewegten sich aber schneller und stanken wie eine volle Toilette während einer sommerlichen Hitzewelle.

„Was jetzt?“ Jaina strich über Bones' Fell, um ihn zu beruhigen, allerdings erfolglos.

„Gute Frage! Solange man sie nicht provoziert, sind sie eigentlich nicht feindselig.“

Der größte Schweinezombie trat vor die Gruppe. Er starrte erst Jaina und dann Hamid an, als wolle er sich ihre Gesichter einprägen.

„Ihr kommt mit uns“, grunzte er.

Einer der Schweinezombies ergriff Hamid, der viel zu erstaunt war, um sich zu wehren. Seit wann konnten Schweinezombies sprechen? Eine weitere Ungereimtheit auf diesem Seedserver.

Der Schweinezombie zog ihn vom Rand der Schlucht weg. Jaina, fest im Griff eines anderen Zombies, ließ sich ebenfalls wortlos mitziehen. Es machte keinen Sinn, sich zu wehren. Ohne ihre Schwerter hatten sie keine Chance gegen diese Monster.

Bones war nicht so leicht einzufangen. Er brauchte kein Schwert, denn er war schnell und klein.

Der Hund schlüpfte durch die Zombiebeine und rannte den Weg zurück, den sie gekommen waren. Jaina unterdrückte einen Aufschrei, als er hinter einem Felsvorsprung verschwand.

„Lasst ihn laufen", befahl der Schweinezombie. „Die Ghasts werden ihn als Zielscheibe benutzen."

Hamid wagte einen letzten Blick hinunter in die Schlucht. Ant war jetzt kaum mehr als ein Schatten am Horizont. Wo immer er auch hinlief, er hatte es eilig. Sie konnten ihn jetzt nicht mehr aufhalten. Hamid und Jaina marschierten mit der Schweinezombiemeute über den trockenen Netherrack und entfernten sich immer mehr von der Schlucht.

„Schlimmer kann es nicht mehr kommen", seufzte Hamid.

„Ruhe!", bellte der lange Schweinezombie. Seine quadratischen Nasenlöcher weiteten sich, während er sprach. „Bis wir den Kriegsherrn sehen, redet ihr kein Wort mehr." Er stapfte vorwärts, ohne auf eine Antwort zu warten.

„Kriegsherr?", flüsterte Jaina. „Seit wann haben Schweinezombies einen Kriegsherrn?"

Der Schweinezombie an Hamids Seite versetzte ihm mit dem Schwertgriff einen leichten Stoß.

„Weitergehen! Nicht reden!"

Hamid war klug genug, nicht zu widersprechen. Er marschierte einfach weiter.

Nach gefühlten Stunden des Marschierens tauchte eine lange Netherrackmauer am Horizont auf. Als sie näherkamen, konnten sie die flachen Dächer von Gebäuden hinter der Mauer erkennen.

„Sieht so aus, als hätten die Jungs ein eigenes Dorf und einen eigenen Kriegsherrn“, flüsterte Jaina.

„Das wird alles immer verwirrender“, gab Hamid zurück.

Auf allen Servern, auf denen Hamid bisher gespielt hatte, waren Schweinezombies Nomaden, die durch den Nether zogen. Auch hatte er nirgendwo ein Dorf in dem Feuerreich entdeckt, aber genau dahin wurden sie nun von ihren Entführern gebracht.

Sie liefen durch einen großen Torbogen in der Mitte der Mauer, vorbei an grunzenden Schweinezombiewachen in das Dorf hinein. Der Weg mündete in einer von zahlreichen Häusern gesäumten Hauptstraße. Viele enge Gassen führten von ihr in ein Labyrinth aus dicht nebeneinanderstehenden Gebäuden. Überall auf ihrem Weg erschienen rosa Gesichter in den Fenstern und begafften sie neugierig. Immer mehr Schweinezombies kamen grunzend aus ihren Häusern und starrten die Neuankömmlinge an.

Schließlich erreichten sie einen weiten Platz in der Mitte des Dorfes. Dort versammelte sich eine große Menge um Jaina und Hamid. Der Boden auf diesem Platz war mit Netherziegeln gepflastert, die stabiler, aber seltener zu finden waren, als die gewöhnlichen Netherrackblöcke.

„Das muss der Hauptplatz des Dorfes sein", sagte Jaina. „Sieht aus wie ein Veranstaltungsplatz."

„Ja, und wir sind heute die Hauptattraktion", fügte Hamid hinzu.

Ein Weg aus Netherziegeln führte zu einem hohen Gebäude, das den Platz überragte. Die Schweinezombies, die Hamid und Jaina im Griff hatten, blieben unterhalb eines breiten Balkons stehen, der sich über die gesamte zweite Etage zog. Eine dunkle Gestalt erschien in der Balkontür. Die versammelten Schweinezombies verstummten ehrfurchtsvoll.

„Verbeugt euch vor dem Kriegsherrn!", forderte der große Schweinezombie Jaina und Hamid auf.

Hamid verbeugte sich nicht. Auch wenn er es gewollt hätte, er konnte es nicht. Beim Anblick der Gestalt auf dem Balkon war sein Körper zu Stein erstarrt.

Prall wie ein Schwein und herausgeputzt mit einer goldenen Rüstung glotzte der Kriegsherr vom Balkon herunter auf die Beute, die seine Krieger ihm gebracht hatten.

„Das glaube ich nicht!“ Jaina schnappte nach Luft. Auch sie konnte sich nicht verbeugen. Sie konnte nur starren.

„Glaub es ruhig, Jaina!“, sagte der Kriegsherr. „Ich habe euch schon erwartet.“

In Hamids Gedanken gab es nur noch ein einziges Wort, einen Namen, der ihn quälte, seitdem er nicht mehr in den Kindergarten ging. Es war der Name des Mannes, der all dieses ganze Chaos verursacht hatte.

„Whiner!“

„Ich grüße dich, Hamid.“ Rektor Whiner grinste breit. „Wie es aussieht, werde ich wohl in eurem Spiel gewinnen.“

Kapitel 5

Mittlerweile sangen die Stimmen.

Bring sie zu uns …

Ein wahrer Chorgesang in Ants Kopf trieb ihn immer tiefer in den roten Sand des Nether. Mit jedem Schritt wuchs seine Zuversicht. Die Wärme des verbrannten Bodens durchströmte seinen Körper und sagte ihm, dass sein Ziel nicht mehr weit war.

Er kam schneller voran, als er es sich je hätte vorstellen können. Mit großen Schritten und großer Vertrautheit durchmaß er die Weite dieser Feuerwelt. Er lief an den steil aufragenden Netherrackfelsen entlang, hielt genug Abstand zum offenen Gelände und zu den Lavaseen.

Ant kannte die Landschaft, als wäre sie in sein Gehirn eingebrannt. Seine Ohren spürten jede Vibration in der Luft und kündigten ihm hochfliegende Ghasts frühzeitig an. Seine Nase witterte den fauligen Gestank von Schweinezombies, noch bevor sie überhaupt in Sicht kamen. Dank seiner neuen Verbindung zu diesem Land konnte er sich nahezu unsichtbar fortbewegen.

Und die Stimmen sangen weiter.

Sein Arm brannte scheußlich. Der grüne Striemen bedeckte nun seinen ganzen Arm, von der Schulter bis zum Handgelenk. Diese Wunde war die Ursache von allem. Der Schleim, der ihn verbrannt hatte, war etwas Besonderes, kein gewöhnlicher klebriger Würfel, der hier durch den Nether waberte. Er hatte etwas mit den Stimmen zu tun, die ihn immer weiter vorantrieben.

Ant passierte einen brennenden Netherrackblock. Die Hitze der Flammen verriet ihm, dass der Block nur wenige Minuten zuvor von einem Ghast beschossen worden war. Er musste zügig weiterlaufen.

Bald erreichte Ant ein tiefes Tal, und er wusste, dass sein Ziel in Reichweite war. Geschickt wie eine Bergziege kletterte er die Felswand hinab und gelangte an den Fuß der Schlucht.

Ein dicker Lavastrom schnitt sich in das Tal und schlängelte sich wie ein Gummiband voran. Magmawürfel schlurften am Ufer entlang, glitten beliebig in die Lava oder aus ihr heraus. Ant folgte dem schmalen Ufer. Je weiter er lief, desto enger wurde es. Der stetig breiter werdende Lavafluss strömte mit zunehmender Geschwindigkeit immer steiler in die Tiefe. Ohne jede Vorwarnung hörten die Felswände auf und die Schlucht öffnete sich zu einem Krater von der Größe eines ganzen Fußballstadion. Lava ergoss sich tosend in einen Kratersee. Ein schmaler, flacher Strand verlief an einer Seite des Kraters. Lavawellen schlugen über das Ufer und entzündeten es mit jeder Woge.

Hinter diesem See lag Ants Bestimmung.

Eine Festung aus Netherziegeln ragte aus den Kraterwänden heraus, als hätte sie den Fels einfach durchbohrt. Befestigte Geschütztürme verteilten sich oben auf der Mauer. Ant erspähte herumwirbelnde, goldgelbe Lohen und ihren dunklen Rauch. Sie bewachten die Festung. Die Flammen und Qualen verbreitenden Kreaturen konnten jedem, der dumm genug war, ihnen zu nahe zu kommen, Feuerbälle entgegenschleudern. Am Fuße der Festung befand sich eine hochgezogene Zugbrücke, als wäre sie seit Jahrhunderten nicht benutzt worden. Die Lava und die Lohen stellten sicher, dass nur denjenigen, die ausdrücklich willkommen waren, Einlass in den dahinterliegenden, dunklen Kammern gewährt wurde. Genau dorthin musste er gehen. Das wusste Ant.

Komm zu uns …

Hier im Krater waren die Stimmen noch lauter. Sie kamen aus dem Innern der Festung.

Ant stand am Ufer. Seine Füße standen knapp vor der Lava. Sein ganzer Körper schmerzte, weil er den Stimmen folgen wollte, doch etwas in seinem Inneren hielt ihn zurück.

Du bist einer von uns. Bring sie …

Nicht weit von Ant entfernt schlingerte ein Magmawürfel am Ufer entlang und glitt in die Lava. Flammen tanzten auf seiner schleimigen Oberfläche, bevor sie harmlos erloschen. Oben auf der Festungsmauer schwebten Lohen eingehüllt in ihren Flammenmantel auf und ab. Diese Bestien waren eins mit dem Nether. Die Flammen ernährten sie und gaben ihnen Kraft.

Ants Arm brannte von der Berührung mit dem Schleim. Das Brennen jagte durch seinen Körper, versengte seine Zehen und röstete seinen Kopf. Dieses Feuer würde sämtliche Gefahren wegbrennen. Wie der Schleim und die Lohen war auch Ant eine Kreatur des Nether, und er musste dem Ruf seines Meisters folgen.

Ant wagte sich in die feurige Flüssigkeit. Vorsichtig, einen Schritt nach dem anderen, bis die Lava schließlich über seinem Kopf zusammenschlug. Sogar während er durch den See schwamm, hörte er die Stimmen, die nach ihm riefen.

Bring sie zu uns …

Kapitel 6

Rektor Whiner saß auf einem goldenen Thron.

Im großen Ratssaal des Kriegsherrn standen Schweinezombies entlang der Wände und hielten Wache. Auf einem Podium am Ende der Halle thronte Whiner. Hamid und Jaina knieten vor ihm.

„Euer Spiel gefällt mir allmählich", sagte der Rektor. „Ich beabsichtige allerdings nach wie vor, es zu zerstören, aber bis jetzt hat es mir doch recht viel Spaß gemacht."

Hamid versuchte aufzustehen, aber der feste Griff des Schweinezombies hielt ihn auf den Knien. Aber den Mund verbieten konnte er ihm nicht.

„Sie werden niemals damit durchkommen", stieß er aus.

„Sie nutzen diese armen Schweinezombies nur aus", fügte Jaina hinzu. „Ich weiß nicht, womit Sie ihnen den Kopf verdreht haben, aber dass Sie sich hier als Kriegsherr aufspielen, ist ganz bestimmt nicht gut für sie."

„Mag sein, aber es ist gut für mich." Whiner kicherte vor sich hin, doch dann wurde seine Stimme schärfer. „Mein ganzes Leben lang bin ich von Schülern wie euch verspottet und lächerlich gemacht worden. Es ist nur gerecht, einmal in meinem Leben mit dem Respekt behandelt zu werden, den ich verdiene."

Hamid wusste nicht, ober er lachen oder weinen sollte. Whiner verspottet? Der Typ war in der echten Welt der größte Tyrann auf Erden gewesen. Hier in Minecraft hatte er sich irgendwie an die Macht gemogelt.

Whiner war herausgeputzt wie ein echter Kriegsherr. Er trug eine goldene Rüstung und einen aufwändig verzierten Helm auf seinem feisten, kahlen Kopf. Über seinen Schultern lag ein roter Umhang, in den feine Muster mit goldenen Fäden eingestickt waren. Die Ornamente glitzerten im orangefarbenen Licht der brennenden Netherrackblöcke entlang des Sitzungssaals.

Hamid und Jaina waren wie Gepäckstücke hin- und hergeschoben worden, seitdem sie den Dorfplatz erreicht hatten. Ihre Entführer hatten sie in die Räumlichkeiten des Kriegsherrn geschleift und vor Whiner abgeladen.

Jainas Gedanken schweiften ab zu Bones. Der arme Hund war den Schweinezombies zwar entkommen, lief aber nun allein durch den Nether. Während sie hier festsaß, konnte sie nur hoffen, dass er in Sicherheit und nicht allzu verängstigt war. Jaina musste sich jetzt auf Rektor Whiner konzentrieren. Der alte Langweiler lernte schnell. Als Erstes forderte er sie auf, ihr Inventar zu leeren.

„Wo ist denn euer Komplize?" fragte er, als die Inventare leer waren. „Wo versteckt sich Anthony?"

Der Name ihres Freundes blieb Whiner im Hals stecken. Ant wusste immer, wie man dem Rektor unter die Haut gehen konnte, hätte bestimmt einen flotten Spruch auf Lager gehabt oder sich über die Kleidung des Alten lustig gemacht.

Aber er war nicht da. Hamid wusste nicht, was er antworten sollte. Ihrem Schweigen nach zu urteilen, schien auch Jaina es nicht zu wissen. Wie sollten sie ihrem Rektor erklären, dass er Ant all die Jahre zu Recht als egoistischen Störenfried beschimpft hatte?

„Es ist sinnlos, Geheimnisse vor mir verbergen zu wollen", grinste Whiner. „Ich stelle fest, ihr habt eure Schwerter noch nicht niedergelegt. Wie wäre es denn jetzt damit?"

„Können wir leider nicht", erwiderte Jaina.

„Natürlich könnt ihr das, Jaina. Ihr müsst es sogar, denn die Schweinezombies haben eine strenge Regel hier. Fremde dürfen im Dorf keine Waffen tragen. Diamantschwerter liegen ihnen besonders am Herzen. Überzeugt euch selbst."

Whiner durchquerte den Raum und blieb vor einem Vorhang stehen. Er zog den Vorhang zurück und gab den Blick auf eine flache Nische frei. Dort hing das Diamantschwert des Rektors, das er Ant damals in der Schule, in der realen Welt, abgenommen hatte. Das schien eine Ewigkeit her zu sein. Unter dem Schwert, auf einem kleinen, mit purem Gold verzierten Podest lag der Grund des ganzen Übels.

„Der Seed", stöhnte Hamid.

„Jawohl, der unheilvolle Seed", bestätigte Whiner.

Ein Raunen ging durch die Schweinezombies, die den Saal bewachten. Beim Anblick des Seedgenerators senkten alle ihre Köpfe und grunzten.

Whiner wandte sich wieder Hamid und Jaina zu. „Wie ihr seht, unterstehen diese Wilden meinem Befehl. Also übergebt mir jetzt eure Diamantschwerter."

„Wir können nicht", erwiderte Jaina und blickte hilfesuchend zu Hamid.

„Ant hat uns die Schwerter weggenommen und ist damit im Nether verschwunden. Wir waren gerade dabei, ihn zu suchen, als Ihre Schweinezombies uns aufgriffen."

Whiners Augen blitzten auf. „Vom besten Freund betrogen? Wie dramatisch!“

Hamid bereute seine Worte sofort, aber Whiner musste wissen, warum sie ihre Schwerter nicht mehr hatten. Als Kriegsherr hatte er genug Macht, um ihnen weit mehr als Nachsitzen aufzubrummen, falls er glaubte, von den beiden belogen zu werden. Die anwesenden Schweinezombiewachen machten das deutlich genug.

Whiner blickte auf den Balkon hinaus und dachte nach.

„Ohne die Schwerter wird eure Aufgabe viel schwieriger.“ Plötzlich grinste er listig. „Aber so gewitzt, wie ihr seid, könnt ihr sie sicherlich dennoch erledigen.“

„Was erledigen?“ Hamid überbekam ein ungutes Gefühl.

„Was für eine Aufgabe meinen Sie?“, fragte Jaina.

Von der anderen Seite des Raumes waren plötzlich Stimmen zu hören. Je lauter sie wurden, umso strammer standen die Wachen da. Auch Whiner war aufmerksam geworden. Sein Lächeln erstarb, als er die Neuankömmlinge sah.

Ein runzeliger Schweinezombie schlurfte in den Raum und kam auf sie zu. Er stützte sich beim Gehen auf einen aufwendig verzierten, dicken Stock. Sein orangefarbenes Gewand zog eine lange, sehr breite Schleppe hinter sich her. Auf seinem verfaulten Kopf trug er eine vor Smaragden strotzende Krone. Eine Traube von Schweinezombieassistenten wuselte um ihn herum und ermahnte ihn leise murmelnd bei jeder Stufe zur Vorsicht. Der greisenhafte Schweinezombie brachte seine Berater mit einem Wink seiner großen Hufe und einem strengen Blick seiner kalten, toten Augen zum Schweigen.

„König Tamowan“, stieß Whiner hervor, als er sich aus seiner Verbeugung aufrichtete. „Welch eine Überraschung. Ihr Besuch ist uns eine Ehre.“

König Tamowan musterte Jaina und Hamid. Die leeren, milchig weißen Augen jagten einen kalten Schauer über Hamids Rücken.

„Sind sie das?“, grunzte er.

„Ja, Euer Hoheit“, erwiderte Whiner mit einer leichten Verbeugung.

Hamid erhaschte Jainas Blick. Sie brauchte nichts zu sagen, Hamid wusste sofort, was sie dachte. Whiner hatte hier nichts mehr zu melden.

Der Rektor hüpfte vor dem alten Zombie herum wie ein Erstklässler, der kurz davor ist, sich in die Hose zu machen.

„Werden sie kämpfen?“, bellte der König.

Whiner ließ ein Lächeln aufblitzen.

„Keine Sorge, sie werden kämpfen.“

Die Dienerschaft grunzte vor Erregung, als sie diese Neuigkeit vernahm.

„Gut, ihr werdet morgen losmarschieren!“, befahl König Tamowan.

Whiner verbeugte sich wieder. „Wie Ihr wünscht, Hoheit.“

Hamids Kopf rauchte. Marschieren? Wohin? Wovon zum Teufel redete Whiner?

Markerschütterndes Kreischen drang von draußen an ihre Ohren und fegte Hamids Fragen alle fort. Es folgten weiteres Kreischen und erschreckte Schreie der Schweinezombies im Dorf.

Ein junger Schweinezombie in einem Gewand, das dem des Königs ähnelte, lief zum Balkon und öffnete die Türen.

Die rosa Farbe wich aus seinem fauligen Gesicht. „Ghasts!“, rief er aufgeregt. „Wir werden angegriffen!“

Eine riesige Explosion erschütterte das Dorf, die Wände erzitterten. Der betagte König stützte sich schwerfällig auf seinen Stock.

„Geh vom Balkon weg, Gonquin“, bellte er den jungen Schweinezombie an und wandte sich an seine

Berater. „Zieht die Soldaten zurück. Schlagt Alarm. Alle nach unten. Wir müssen uns verstecken.“

„Nein, Vater“, antwortete Gonquin. Er stand immer noch auf dem Balkon. „Wir können nicht immer nur weglaufen. Wir müssen endlich selbst kämpfen.“

Unerwartet schnell und mit überraschender Kraft eilte König Tamowan zum Fenster und zog den jungen Schweinezombie an den Ohren vom Balkon weg.

„Wir werden nicht kämpfen.“ Er zeigte mit seinem Stock auf Hamid und Jaina. „Dafür sind sie da.“

König Tamowan eilte aus dem Saal. An der Tür hielt er an und drehte sich zu Whiner um.

„Tu, was du versprochen hast!“

Dann verschwand er und ließ Hamid und Jaina mit dem Rektor allein.

„Was hat er damit gemeint?“

„Was haben Sie versprochen?“, wollte Jaina wissen.

„Regt euch bloß nicht auf, Kinder.“ Whiner lachte über sein ganzes, blockiges Gesicht.

„Behandeln Sie uns nicht wie Kinder, Whiner. Sagen Sie uns gefälligst, was hier gespielt wird.“ Hamid sah nun nicht mehr seinen Schulleiter in diesem Mann. Nach allem, was er in diesem Spiel schon angerichtet hatte, war er auch nur ein weiterer Noob, der ihnen Einiges zu erklären hatte.

„Ich habe König Tamowan ein paar Kleinigkeiten versprochen", säuselte er.

„Weiter, weiter" zischte Jaina grimmig.

„Ich war gerade durch dieses Portalding an diesen Netherort gekommen, als König Tamowan und seine Soldaten mich gefangen nahmen. Sie brachten mich hierher und erzählten, dass sie von einer teuflischen Macht, die aus einem als Schwarze Festung bezeichneten Ort kommt, gequält würden. Als sie mein Diamantschwert und euren Seed bemerkten, hielten sie mich für einen Helden, der gekommen war, um das Böse aus der Schwarzen Festung zu besiegen."

„Natürlich haben Sie diese Schweinezombies nicht aufgeklärt?" Hamid war wütend. „Sie hätten Ihnen sagen können, dass sie nur ein Spiele hassender Noob von Rektor an einer kleinen Schule sind."

„Damit sie mich und den wertvollen Seedgenerator in den nächsten Lavasee werfen?" Whiner schüttelte den Kopf.

„Nein, ich hab ihnen nicht die Wahrheit gesagt. Ich habe ihnen versichert, ich sei ihr Held und würde sie in die Schlacht führen."

„Warum sind sie dann alle abgehauen?", fragte Jaina.

Whiner schluckte. „Vielleicht habe ich ihnen ja gesagt, ich könnte den Feind allein besiegen?“

„Vielleicht haben Sie es ihnen gesagt?“ Jainas Augen wurden zu Schlitzen.

„Nun gut, ich habe es ihnen versprochen. Sie waren so begeistert von meinem Erscheinen. Dann haben sie mich mit einer Rüstung und Gewändern überschüttet und zu ihrem Kriegsherrn erklärt.“

„Sie haben also damit angegeben, dass Sie keine Hilfe brauchen?“ Hamid schüttelte ungläubig den Kopf.

„Aber als ich meinen Fehler erkannte, habe ich mich etwas bescheidener gegeben.“

„Sie haben zugegeben, dass Sie ihre Hilfe brauchen?“, fragte Jaina hoffnungsvoll.

„Nein, ich habe zugegeben, dass ich *eure* Hilfe brauche“, gab Whiner kleinlaut zu. „Ich wusste, dass ihr mich hier wahrscheinlich finden würdet. Um Zeit zu gewinnen, habe ich ihnen gesagt, dass meine Krieger bald kommen und mich unterstützen würden.“

„Und jetzt sollen wir Ihnen aus Ihrem Schlamassel helfen?“

Eine weitere Explosion erschütterte das Fundament des Gebäudes. Der ganze Saal wackelte wie bei einem Erdbeben. Das Kreischen der Ghasts erfüllte die Luft.

„Rein formal betrachtet, ist das jetzt unser Schlamassel", sagte Whiner.

„Ja, da danken wir auch schön", blaffte Jaina ihn an. „Jedenfalls können wir hier nicht länger bleiben."

Sie lief zum Balkon, vorsichtig darauf bedacht, von den Monstern, die über das Dorf flogen, nicht entdeckt zu werden.

Hamid ging auf eine Reihe von Truhen zu, die an der hinteren Wand des Saals standen. Er öffnete eine von ihnen und gönnte sich ein kleines Lächeln, als er ihren Inhalt sah: Waffen aller Art. Gold und Eisenschwerter sowie Rüstungen, Bögen und Pfeile.

„Ich vermute, Kriegsherr zu sein, bringt ein paar Vorteile mit sich." Hamid nahm sich so viele Waffen, wie er tragen konnte. Er drehte sich zu Whiner um und zeigte auf das Diamantschwert und den Seed in der Nische. „Machen Sie sich endlich nützlich und nehmen Sie das an sich."

Hamid eilte zu Jaina auf den Balkon. Er warf ihr einen Bogen, ein paar Pfeile, eine Rüstung und ein Schwert zu. Jaina steckte die Waffen in ihre Slots und erschien umgehend in voller Rüstung mit einem Bogen in der Hand.

Vom Balkon aus konnte man den ganzen Platz des Schweinezombiedorfes überblicken. Alte und junge

Schweinezombies rannten dort wie in Panik geratene Ameisen umher. Tamowans Soldaten trieben die verängstigten Schweinezombies zusammen und führten sie unter die Erde.

„Was haben wir denn da oben?“ Hamid suchte den Himmel ab.

„Drei Ghasts. Zwei südlich von uns, sie fliegen gerade zurück.“ Ein einzelner Ghast tauchte gerade hinter einer Netherrackfelsnase hervor und flog dem Dorf entgegen. „Dieses fliegende Marshmallow ist Nummer drei.“

„Wir müssen weiter nach oben.“

„Nichts gegen zu sagen.“ Jaina hüpfte auf die Balkonbrüstung und stürmte hinter das Gebäude. Mit der Geschicklichkeit eines Hürdenläufers sprang sie vom Balkon auf den Sims des Nachbarhauses.

Hamid folgte ihr. Aus dem Mund eines Ghasts sauste ein Feuerball auf sie zu.

„Whiner, machen Sie, dass Sie da raus kommen, wenn Sie überleben wollen.“

Whiner stolperte auf den Balkon und hielt sein Diamantschwert schützend vor sich. Hamid hoffte, dass der Rektor den Seed nicht zurückgelassen hatte.

„Hier lang“, brüllte er Whiner an, „und nicht fallen!“

Whiner kletterte auf die Brüstung und folgte Hamid noch rechtzeitig hinter das Gebäude, bevor ein Feuerball in den Balkon einschlug. Das Gebäude ging sekundenschnell, Ziegel für Ziegel, in grüne Flammen auf.

Jainas Kopf tauchte auf dem Dach über ihnen auf.

„Hier herauf!“

Hamid bahnte sich einen Weg die Wand hinauf, um zu Jaina zu gelangen, Whiner folgte direkt dahinter.

Jaina hatte eine kleine geschützte Nische in einer Ecke des Daches eingenommen. Hamid und Whiner zwangen sich zu ihr hinein.

„Herzlich willkommen auf unserer Party“, schmunzelte sie. „Von hier oben haben wir einen besseren Ausblick auf die Festspiele, nicht wahr?“

Sie befanden sich auf einem der höchsten Gebäude des Dorfes und hatten einen freien Blick auf den Nether um sie herum.

Die drei Ghasts schwebten wieder in Richtung Dorf. Ihre zornigen Augen glühten grellgrün. Einer von ihnen spie einen Feuerball aus, der auf den Ort zu rauschte und krachend auf dem Platz einschlug, von dem aus sie Rektor Whiner wiederentdeckt hatten. Der Boden war sofort mit Flammen übersät. Durch den Rauch hindurch konnte Hamid einige Schweinezombies erspähen, die den Flammen nicht mehr hatten entkommen können. Das Feuer verschlang sie, bis von ihnen nur ein Haufen verschmortes Fleisch übrig blieb. Hamid brach das Herz bei diesem Anblick.

„Irgendetwas stimmt hier nicht! Schweinezombies stammen aus dem Nether. Feuer ist ihr Freund. Sie können durch Lava laufen, ohne in Schweiß auszubrechen. Die Feuerbälle eines Ghasts können ihnen gar nichts anhaben."

„Das sind keine normalen Feuerbälle", stellte auch Jaina fest.

Der Dorfplatz stand in Flammen. Hamid konnte einfach nicht glauben, was er da sah.

„Die Flammen sind grün", bemerkte er ungläubig und sah nach der Quelle der Feuerbälle. Die üblicherweise weißen Körper der Ghasts leuchteten ebenfalls grün. „Die Ghasts sind ja auch grün. Sie sehen aus, als wären sie angemalt."

„Vielleicht sind sie krank", vermutete Jaina.

„Um sicherzugehen, sollten wir sie uns mal aus der Nähe ansehen."

„Das lässt sich machen."

Jaina schoss einen Pfeil auf einen sich nähernden Ghast. Das Geschoss bohrte sich in die Seite der Bestie. Sie kreischte vor Schmerz auf und richtete ihre

Aufmerksamkeit weg von den Schweinezombies auf sie.

„Warum hast du das gemacht?“, schrie Whiner. „Jetzt wissen sie, wo wir sind!“

„Das ist ja der Sinn der Sache.“ Jaina spannte einen weiteren Pfeil in ihren Bogen. „Das wird ihn vom Himmel holen.“

Der Ghast wandte sich in ihre Richtung, um einen neuen Feuerball auszuspucken. Ausnahmsweise musste Hamid Whiner Recht geben. Die Aufmerksamkeit eines Ghasts mit grüner Infektion zu erregen, schien ihm nicht wirklich die beste Idee zu sein. Jaina spannte ihren Bogen und sah zu Hamid herüber.

„Willst du dich weiter ängstlich verkriechen oder einem Mädchen helfen?“

Hamid seufzte, stand auf und zielte mit seinem Bogen auf den heranfliegenden Ghast.

„Wir zählen bis drei“, sagte Jaina. „Eins, zwei …“

Der Ghast wartete nicht auf drei.

Er stoppte mitten im Anflug, drehte bei und schwebte den Weg zurück, den er gekommen war. Die beiden anderen Ghasts taten es ihm gleich. Wie Synchronschwimmer entfernten sich alle drei Monster gleichzeitig vom Dorf, das sie gerade noch angegriffen hatten.

„Was war denn das?“

In kürzester Zeit waren sie nur noch Punkte am Horizont und verwanden schließlich vollständig von der Bildfläche. Stille legte sich über das Dorf, nur das Knistern der grünlich brennenden Flammen war noch zu hören.

„Wo sind die hin?“, fragte Hamid. „Warum sind sie abgehauen?“

„Keine Ahnung.“ Jaina hatte noch immer ihren Bogen in den Himmel gerichtet. „Aber ich fürchte, wir haben sie nicht zum letzten Mal gesehen.“

Kapitel 7

Die Lava perlte tröpfchenweise von Ants Körper herunter. Magmawürfel schlurften beiseite, als er aus dem Lavasee stieg. Die patrouillierenden Lohen auf den Mauern der Netherfestung beschossen ihn nicht mit Feuerbällen.

Ant war hier willkommen.

Bring sie …

Die Stimmen in seinem Kopf beschworen ihn weiterhin. Ihre Worte trieben ihn Schritt für Schritt weiter. Ant war durch den Lavasee geschwommen, ohne sich zu fragen, wieso er nicht verbrannte, war Schritt für Schritt gegangen, ohne darüber nachzudenken, wer oder was sich hinter diesen Stimmen verbarg.

Sein Arm brannte genauso wie die ihn umgebende Lava. Er rieb die Stelle, an der dieser seltsame Magmawürfel ihn bespritzt hatte. Sie leuchtete knallgrün und juckte wie sein gesamter Körper entsetzlich. Ant hatte keine Zeit, sich darum Sorgen zu machen. Er war so nah an seinem Ziel.

Er trat durch den offenen Torbogen in die Festung. Obwohl er noch nie hier gewesen war, wusste er genau, wohin er zu gehen hatte. Die Stimme würde ihn im Herzen dieses dunklen Ortes erwarten. Sie zog ihn magnetisch an. Ant erklomm das enge Treppenhaus, das steil nach oben führte. Eine Tür öffnete sich leise vor ihm.

Der Raum dahinter war so dunkel, dass man die Wände kaum erkennen konnte. An einer Seite öffnete er sich zu einem breiten Balkon. Die Glut des Lavasees war die einzige Lichtquelle in diesem düsteren Raum.

Ants Blick fiel auf eine flache Empore in der Mitte des Raums. Hier saß ein grüner Schleimwürfel, so groß wie ein Mittelklassewagen. Von ihm kamen die Stimmen, die in seinem Kopf schon so lange herumspukten und ihn so magisch angezogen hatten.

Bring sie zu uns …

Jetzt, so nah an der Quelle, dröhnten die Stimmen in seinem Schädel. Er betrat die Empore und näherte sich dem Würfel. Die Energie des Schleims strömte durch seinen Geist und Körper. Er war nun eins mit dem Schleim. Er war der Schleim, und der Schleim war er.

Bring sie …

Die Stimme war nun so laut wie ein Schrei in seinen Ohren. Ant wich nicht zurück. Er begrüßte den

Lärm, denn er bedeutete das Ende seiner Reise. Er kniete nieder und verneigte sich.

Du bist gekommen.

Als der Schleim sich zu ihm ausbreitete, ließ er ihn gewähren. Ant blieb ruhig stehen, als der grüne Glibber ihm über den Kopf waberte und langsam wie eine Woge in Zeitlupe an ihm herunterglitt. Er geriet auch nicht in Panik, als die dickflüssige, warme Schmiere über Augen, Ohren, Nase und Mund tropfte. Langsam und zäh triefte die klebrige Masse Ants Schultern hinab, bis er vollständig eingehüllt war.

Du hast deine Sache gut gemacht.

So eingebettet in die warme Umarmung des Schleims fühlte Ant, wie diese Kreatur in seinen Geist und in sein Inventar eindrang. Der Schleim ertastete die drei Diamantschwerter. Für einen kurzen Augenblick fragte sich Ant, wie sie überhaupt in seinen Besitz gekommen waren.

Du hast mir gebracht, was ich brauche, um dich zu transformieren.

Die einschmeichelnden Worte wuschen alle Fragen fort. Das Versprechen von Macht schwirrte in Ants Kopf herum. Bald würde er diese Macht besitzen.

Ein Diamantschwert wurde aus seinem Inventar gezogen. Es schmolz vor seinen Augen und nahm wieder Gestalt an. Die Kraft des Echten Diamanten in seiner Klinge war groß genug, um für Ant eine Rüstung zu craften. Vier mit der Macht des Schleims versehene Rüstungsteile fanden ihren Platz in seinem Inventar. Der Schleim zog sich zurück, entließ Ant aus seiner Umarmung und ließ ihn verändert zurück.

Erhebe dich Kommandant Ant, Führer meiner Armee! Stelle dich vor mich!

Ant stand langsam auf. Sein Körper fühlte sich stark an, strotzte vor nie gekannter Energie. Er sah sein Spiegelbild auf der Oberfläche des schwabbelnden Schleims. Eine glitzernde, blaue Diamantrüstung hüllte ihn von Kopf bis Fuß ein. In beiden Händen hielt er jeweils ein Echtes Diamantschwert. Grüne Kraftlinien durchzogen die Klingen und die blaue Rüstung, nährten ihn und hielten die Verbindung zu seinem Meister.

Ants Geist zapfte die Quelle dieser neuentdeckten Energie an, streifte durch den Nether und betrachtete alles unter der Führung des geheimnisvollen Schleims. Bilder zogen an ihm vorbei. Er sah kriechende und fliegende Kreaturen. Alle waren vom Schleim infiziert und standen unter Ants Kommando.

Die Flut der Bilder stoppte über einem Dorf aus Netherziegeln, das er von hoch oben erblickte. Über den Dorfbefestigungen kreisend sah er in Panik geratene Schweinezombies unter die Erde flüchten. Ant stand auf dem Turm der Schwarzen Festung und erkannte, dass er das Gehirn eines Ghasts kontrollierte, und nicht nur eines Ghasts, sondern aller drei, die gerade auf das Dorf hinunterflogen. Dieselben schleimigen Mächte, die ihn durchdrangen, strömten auch durch ihre Körper. Sie waren alle miteinander vernetzt, aber Ant war ihr Kommandant. Diese Bestien waren auf der Suche und hatten ihr Ziel in dem Schweinezombiedorf aufgespürt. Drei Gestalten krochen auf den Hausdächern herum. Sie waren von den Ghasts nicht auszumachen. Einer von ihnen führte etwas mit sich, dass der Schleim unbedingt besitzen wollte. Diese hirnlosen Monster würden genau das zerstören, was unbedingt geschützt werden musste.

Ant sah reglos zu, wie die Ghasts ihre ungebändigte Kraft auf die Gestalten auf dem Dach richteten. Der Feuerball in Verbindung mit dem giftigen Schleim würde die drei vernichten und den wertvollen Gegenstand, den sie mit sich führten, zerstören. Als die Ghasts mit ihrem feurigen Atem ihre Beute anvisierten, übernahm Ant das Kommando. Mit einem einzigen Befehl rief er die Bestien zurück. Sie reagierten sofort und ließen von ihrem Ziel ab, um sich ein anderes Opfer zu suchen.

Gut gemacht, Ant. Du hast deine erste Prüfung bestanden. Sieh auf diese Armee, dessen Kommandant du jetzt bist.

Allmählich verschwammen die Traumbilder. Der Raum war nicht mehr leer. Vor ihm standen Dutzende schwarzknochiger Witherskelette. Hinter diesen Monstern, die sich bis auf den Balkon ausbreiteten, von dem aus man über den Lavasee blicken konnte, standen noch einmal doppelt so viele feurige Lohen. Alle blickten mit ihren kalten und starren Augen erwartungsvoll auf Ant. Sie warteten, warteten auf ihn.

Ihr Soldaten des Nether, schaut auf euren Kommandanten Ant, den General der Grünen Flamme!

Ant konnte sich selbst zusehen, beobachtete von außen, wie er seine Schwerter über seinen Kopf erhob. Grünes Licht tanzte auf den Klingen, und die Armee aus Skeletten und Lohen verbeugte sich vor ihm.

Mach dich bereit, Ant. Bald wirst du aufbrechen und die Beute bergen, die ich schon so lange begehre.

Ant sah auf die Lohen und Witherskelette herab, auf diese Armee der Vernichtung, die unter seinem Befehl stand und nur ein Ziel hatte.

Bring mir den Seed.

Kapitel 8

Wer hätte gedacht, dass Schweinezombies so gut grillen können?

Es war ein wahres vegetarisches Festmahl, auch wenn die Schweinezombies selbst nicht viel aßen. Im Nether Bratkartoffeln zu essen, war allemal besser, als sich auf Dächern vor Ghasts verstecken zu müssen.

Nach dem plötzlichen Rückzug der Ghasts tauchten die Untertanen Königs Tamowan aus ihren unterirdischen Verstecken wieder auf. Große Teile ihres Dorfes waren zerstört. Tamowan hielt unter Grunzen und Schnauben eine flammende, anrührende Rede und versprach, ihren Ort wieder aufzubauen. Dann rief er zu einem Freudenfest auf.

Die Musik war scheußlich und die Tänze waren entsetzlich, das Essen hingegen schmeckte köstlich. Die Mahlzeit brachte zwar Hamids Magenknurren zum Schweigen, nicht aber die quälenden Fragen in seinem Kopf.

Whiner war inzwischen verschwunden. In dem Durcheinander aus Glückwünschen und Vorbereitungen auf die Befreiungsfeier hatte Hamid seinen geliebten Rektor aus den Augen verloren. Getrennt hatten Jaina und er das Dorf nach ihm durchkämmt. Bisher hatten sie noch keine Spur von dem ständig Ärger machenden Kahlkopf gefunden. Hamid war beunruhigt.

Als er sich Jaina wieder anschloss, war sie allein und schaute einigen Schweinezombies zu, die mitten auf dem Platz so etwas Ähnliches wie einen Tanz zusammenhopsten.

Hamid setzt sich zu ihr. „Keine Spur von Whiner", klagte sie.

„Das ist alles meine Schuld." Hamid verbarg seinen Kopf in den Händen. „Er hat den Seedgenerator. Ich hab ihn auch noch aufgefordert, das Ding an sich zu nehmen, als wir vor den Ghasts geflüchtet sind. Ich hab einfach nicht nachgedacht. Und jetzt ist er wie vom Erdboden verschluckt. Wahrscheinlich ist er schon auf halbem Weg, um den Seed Du-weißt-schon-wem zu bringen."

„Wohin könnte er schon gegangen sein?", erwiderte Jaina. „Das ganze Dorf ist abgesperrt, falls die Ghasts zurückkehren. Er hätte hinter den Wachen am

Tor durchschlüpfen müssen. Auch wenn er der Kriegsherr ist, hat König Tamowan immer noch das Sagen hier, und er hat befohlen, dass die Tore verschlossen bleiben. Niemand kann rein oder raus. Keine Angst, Hamid. Wie werden ihn schon aufspüren."

Ein paar Schweinezombies standen plötzlich vor ihnen.

„König Tamowan erwartet eure Gesellschaft."

Der Tisch des Königs befand sich am Rande des Platzes. Als König Tamowan sie kommen sah, erhob er sich.

„Noch einmal vielen Dank für die Rettung meines Volkes", sagte er. „Ihr seid zu einer Zeit der großen Bedrohung für unseren Stamm zu uns gekommen."

„Wir sind glücklich, euch helfen zu können", log Hamid. Solange Whiner die Dinge beherrschte, konnten sie nur überleben, wenn sie den Schweinezombies halfen. Aber er hatte noch einige Fragen.

„Das Feuer dieser Kampfbestien brennt so heiß, dass sie sogar Kreaturen des Feuers, wie ihr es seid, gefährlich werden können."

Ein Raunen breitete sich unter den Schweinezombies am Tisch aus.

„Was sind das für Geschöpfe?" Jaina spürte die Besorgnis unter den Ratgebern des Königs. „Einerseits waren es Ghasts, andererseits auch wieder nicht."

Gonquin erhob sich von seinem Stuhl am anderen Tischende.

„Sie kommen aus der Schwarzen Festung!“, stieß er angewidert aus.

Das Gespräch am Tisch verstummte. Alle Augen richteten sich auf König Tamowan.

„Mein Sohn hat Recht“, seufzte er. „Eine Plage ist über unser Land gekommen, und sie hat ihren Ursprung an diesem Ort.“

„Die Schwarze Festung?“ Hamid hatte noch nie von Schwarzen Festungen in Minecraft gehört, aber auf dem Seedserver war alles möglich.

Mit einer ungeduldigen Geste wischte der König die geflüsterten Einwände seines neben ihm sitzenden Beraters beiseite und setzte seine Rede fort.

„Unser Clan und die Feuergestalten aus der Schwarzen Festung, die man als Lohen kennt, leben schon so lange, wie die Lava brodelt, friedlich nebeneinander. Aber dieser Frieden ist jetzt vorbei. Die Lohen sind von einer neuen Macht in Besitz genommen worden, einer Macht, die es bisher hier nicht gegeben hat.“

„Diese dunkle Macht steckt also hinter den Angriffen der Ghasts?“ Hamid wurde neugierig.

„Wir fürchten die Ghasts und ihr Feuer nicht“, beteuerte Gonquin laut. Er stand auf und stellte sich neben seinen Vater. „Die Bestien, die uns angegriffen haben, waren keine normalen Ghasts."

Jaina nickte zustimmend. „Ja, sie waren grün."

„Und ihr Feuer brennt wie kein anderes." fügte Gonquin hinzu. „Sie sind verseucht von der dunklen Macht, die zurzeit in der Festung herrscht."

„Alle in der Festung sind infiziert und verseucht", sagte Tamowan. „Das gilt auch für euren Freund."

„Ant?" Hamid schnappte nach Luft.

„Was wissen Sie über ihn?", fragte Jaina aufgeregt.

„Ich bin der König." Tamowan zuckte mit den Achseln. „Ich habe überall Augen, die die Lava beobachten. Meine Soldaten haben einen Fremden beobachtet, der ähnlich aussah wie ihr und in Richtung Festung unterwegs war. Dort werdet ihr ihn finden."

Hamid fröstelte. Ant war auch infiziert? Das würde das Fieber erklären, aber warum war er mit ihren Diamantschwertern verschwunden? Warum war er überhaupt in diese Schwarze Festung gegangen?

„Ich werde nicht zulassen, dass mein Clan von diesem Infekt befallen wird. Deshalb sollt ihr, zusammen mit meinem Kriegsherrn, diejenigen vernichten, die hinter dieser Krankheit stecken."

Tamowan sah sich um. „Wo steckt mein Kriegsherr? Wo ist Whiner?"

„Das fragen wir uns auch“, antwortete Jaina.

„Ich bin hier!“ Whiners kahler Kopf tauchte am anderen Ende des Platzes auf. Der Rektor lief auf den Tisch zu. „Habe ich die Party verpasst? Tut mir leid, ich musste mich kurz ausruhen und ein Nickerchen halten. Ich bin ja nicht mehr so jung wie meine beiden Soldaten.“

„Ausgezeichnet!“ Tamowan war erleichtert. „Dann sind ja meine drei Helden wieder vereint. Macht euch bereit. Wir werden bald aufbrechen.“

Whiner legte seine Arme um Jaina und Hamid und zog sie an sich. Beide wollten sich herauswinden, aber der Rektor hielt sie fest.

„Keine Widerworte, meine Kinder.“ Whiner lächelte wie ein stolzer Vater. „Wir sitzen jetzt alle im selben Boot, wie eine große, glückliche Familie.“

Kapitel 9

Kommandant der Grünen Flamme Ant war zufrieden, mit dem was er sah.

Die Armee aus Lohen und Witherskeletten funktionierte wie ein einziger Körper und folgte Ants Befehlen zügig und sorgfältig. Sie bearbeitete den Netherrack mit Hacken und verteilte Seelensand um das aufgegebene Frachtlager, um so einen perfekten Hinterhalt zu legen.

Die Schienen, die in das vergessene Gebäude führten, waren noch alle in einem guten Zustand, aber die Mauern aus Netherrack waren teilweise eingefallen oder drohten, völlig einzustürzen. Das weithin offene Gelände vor dem Gebäude war groß genug, damit eine Armee dort ihr Lager aufschlagen konnte, und von der Schwarzen Festung weit genug entfernt, dass alle Feinde sich in Sicherheit glaubten.

Eine Lohe eilte zu Ant.

„Lagebericht!", befahl Ant der Feuerkreatur, ohne sie eines Blickes zu würdigen.

„Sie machen sich zum Aufbruch bereit, Kommandant." Die Worte der Lohe knisterten wie das Feuer, aus der sie bestand.

„Sie laufen genau in unsere Richtung, wie Sie es vorhergesagt haben."

Ant lächelte still in sich hinein. Er liebte es, alles richtig gemacht zu haben. Warum auch nicht? Schließlich war er ein großer Befehlshaber, ausgestattet mit der Macht eines mächtigen Führers. Wer auch immer kam, würde dies schnell erfahren und begreifen, dass es besser war, Kommandant Ant nicht zu unterschätzen.

„Ist der Boden sorgfältig vorbereitet?"

„Fast, Kommandant. Unsere Redstoneingenieure verdrahten gerade die letzten Kolben."

„Sehr gut", sagte Ant. „Sobald sie damit fertig sind, gehen wir auf unsere Posten und warten auf sie."

Ant konnte sich erinnern, dass er normalerweise nicht sehr geduldig war, doch mit der Macht seines Meisters, die durch seine Rüstung rann, würde er auch das Warten gut bewältigen.

Sie würden kommen, und er würde sie erwarten. Sie würden lernen müssen, wer die wahre Macht besaß.

* * *

Die riesige Schweinezombiearmee erstreckte sich, so weit Hamids Augen reichten. Wie an einer Kette aufgereiht, marschierten die Soldaten über die staubigen Netherrackpfade, Jaina und Hamid stapften mit. Alle waren kurz nach der Feier aufgebrochen. Tamowan und seine Soldaten mussten sich vorher nicht ausruhen. Das war einer der Vorteile, ein Schweinezombie zu sein, musste Hamid zugeben. Er und Jaina brauchten Ruhepausen, also hatten sie ein kleines Nickerchen gemacht, bevor eine grunzende Schweinezombiewache sie geweckt und aufgefordert hatte, mit der wartenden Armee loszuziehen.

Noch halb schlafend machten sie sich auf den Weg zur Schwarzen Festung und zu ihrem Freund. Hoffentlich würden sie Ant finden, bevor es zu spät war. Hamid und Jaina liefen am Ende der langen Soldatenschlange. Dank Whiners Prahlerei wurde von ihnen erwartet, in der Schlacht die Führung zu übernehmen, aber bis dahin hielten sie sich lieber im Hintergrund. Hamid nutzte die Zeit, um nachzudenken.

„Bist du sicher, dass wir das hier tun sollten?"

„Ich weiß im Moment überhaupt nicht, was richtig oder falsch ist!", antwortete Jaina. Sie lief neben Hamid und hatte seit ihrem Aufbruch wenig gesagt. „Ant ist verschwunden. Tamowan hat uns gesagt, wo wir ihn finden können. Whiner hat den Seed. Die Schweinezombies werden ihn nicht aus den Augen lassen, auch wenn er versprochen hat, bei ihnen zu bleiben."

„Ich möchte mich noch einmal dafür entschuldigen, dass ich Whiner den Seed überlassen habe."

„Das musst du nicht", lachte Jaina. „Schließlich hast du daran gedacht, ihn wegzuschaffen, bevor die Ghasts ihn verbrennen würden."

„Schon, aber ich hätte ihn selbst nehmen sollen, als ich die Möglichkeit dazu hatte."

„Ach, du warst halt damit beschäftigt, Waffen zu besorgen, damit wir mit dem drängenderen Problem der angreifenden, feuerspeienden Marshmallows fertig werden konnten. Sei nicht so hart zu dir selbst. Wir haben doch den Seed, und wir haben Whiner. Jetzt brauchen wir nur noch Ant, und dann kommen wir endlich hier raus."

„Habt ihr was dagegen, wenn ich mit euch laufe?"

Die Stimme ließ die beiden zusammenzucken. Gonquin, der Thronfolger von König Tamowan, hatte unbemerkt zu ihnen aufgeschlossen. Entweder war dieser Schweinezombie ein halber Ninja oder Hamid hatte seine Aufmerksamkeit verloren.

„Selbstverständlich kannst du ein Stück mit uns gehen, Gonquin", antwortete Jaina mit einem Lächeln.

„Wir sind fast an unserem Ziel", bemerkte Gonquin. „Unweit der Schwarzen Festung gibt es eine alte Lagerhalle. Sie wurde einst benutzt, als noch Händler aus der Oberwelt in den Nether kamen, um seltene Steine und Mineralien zu finden. Das ist sehr lange her, aber die Gebäude stehen noch. Während ihr auf die Festung zumarschiert, werden wir uns dort verstecken wie die Feiglinge, für die mein Vater uns ja hält."

„Ich halte euch nicht für Feiglinge", sagte Jaina.

„Dann bist du zu freundlich." Gonquin scharrte mit seinen Füßen im roten Dreck. „Wir haben das Böse kommen sehen und nichts dagegen unternommen. Jetzt ist es über uns hereingebrochen, aber verteidigen wir uns? Nein, wir lassen andere für uns in den Kampf ziehen."

„Was ist denn dieses Böse?", fragte Jaina.

„Wir wissen es nicht." Gonquin zuckte die Achseln. „Es verseucht nach und nach alle Kreaturen im Nether. Wir bemerkten das zuerst an den Magmawürfeln. Ihre roten Körper blinkten grün, und ihr Schleim brannte nicht mehr wie Feuer, sondern wie Säure."

„Hört sich an wie der Schleim, der Ant angegriffen hat", überlegte Hamid. „Er hat Fieber bekommen und ist weggelaufen, während wir schliefen."

„Aber vorher hat er noch unsere Schwerter gestohlen“, ergänzte Jaina.

Gonquin nickte traurig. „Es ist immer dieselbe Geschichte. Wir haben viele Spähtrupps verloren, die zu den grünen Schleimen übergelaufen sind. Die Soldaten, die zurückkamen, klagten über Fieber. Sie haben nicht mehr lange gelebt, bis das Fieber sie ausbrannte.“

„Das tut mir leid“, sagte Jaina.

Schweigend gingen sie weiter. Hamid bemerkte eine große Traurigkeit in Gonquins Augen. Einige der infizierten Schweinezombies schienen Freunde von ihm gewesen zu sein. Wäre Gonquin ein Mensch, hätte Hamid geschätzt, dass er nur ein paar Jahre älter war als er selbst. In Schweinezombiejahren war er wohl ein Teenager. Das würde auch den Streit mit seinem Vater erklären. Es musste sehr schwer für ihn gewesen sein, seine Freunde sterben zu sehen, ohne dass der König etwas dagegen unternommen hatte. Hamid wollte etwas Tröstendes sagen, aber Gonquin kam ihm zuvor.

„Wie ihr wisst, bin ich anderer Meinung als mein Vater, wer das Böse bekämpfen sollte. Dennoch bin ich froh, dass ihr hier seid.“

„Wir sind froh, deine Bekanntschaft gemacht zu haben, Gonquin“, beteuerte Jaina und sprach Hamid damit aus der Seele.

„Ich glaube, dein Vater meint es nur gut", sagte Hamid. „Er will dich und seinen Clan einfach nur beschützen."

„Aber so züchtet er nur ein Dorf voller Feiglinge." Die Wut war ein wenig verraucht, doch seine Worte waren fest und seine Meinung unerschütterlich. „Wir dürfen uns nicht auf andere verlassen. Dieser Clan braucht einen starken Anführer, der unsere Soldaten in den Krieg führt."

Die Stimme des jungen Schweinezombies war laut genug, dass die Soldaten vor ihnen sie hören konnten, und sie nickten zustimmend.

„Ich glaube, du wirst eines Tages ein großer Führer werden, Gonquin." Jaina war beeindruckt.

Das Lob ließ das rosa Gesicht des Schweinezombies erröten. „Vielen Dank. Ich glaube, ich habe schon zu viel geredet."

Ein „Halt!" ertönte vom Kopf der Reihe. Ein flaches Gebäude erstreckte sich auf einem kleinen Platz aus Netherrack. Die Schweinezombies hielten an und verteilten sich um das Gebäude.

„Wir haben die Lagerhalle erreicht. Hier werden wir unser Basislager aufschlagen." sagte Gonquin.

Plötzlich drehte er sich vom Depot weg und blickte zu einem kleinen Hügel auf der anderen Seite ihres Weges. „Wo geht er denn hin?"

Hamid folgte Gonquins Blick und sah eine vertraute Gestalt über den Kamm des Hügels verschwinden.

„Es gibt nur einen Weg, das herauszufinden.“ Kaum hatte Jaina die Worte ausgesprochen, rannte sie auch schon zum Hügel hinüber.

Alle drei erklommen die Anhöhe und sahen Rektor Whiner langsam auf der anderen Seite herunterlaufen.

„Wo wollen Sie denn hin?“, rief Jaina.

Whiner erschreckte sich fast zu Tode, als er ihre Stimme hörte. Er drehte sich zu ihnen um und zeigte unsicher auf eine sanfte Erhebung in einiger Entfernung.

„Äh, ich wollte nur erkunden, was hinter diesen Hügeln ist. Nach Feinden und Ähnlichem Ausschau halten.“

„Dafür haben wir doch Soldaten, mächtiger Kriegsherr.“ Der Sarkasmus in Gonquins Stimme war nicht zu überhören.

„Natürlich, weiß ich doch“, sagte Whiner mit einem verlegenen Lächeln. „Ich schätze, mir beginnt diese ganze Kriegsherrsache einen Riesenspaß zu machen, und deshalb wollte ich selbst mal etwas tun.“

„Wann haben Sie jemals etwas selbst getan?“, fragte Hamid herausfordernd.

Whiner schien verletzt. „So spricht man nicht mit seinem Rektor."

Hamid sprang den Hügel herunter und blieb direkt vor Whiner stehen.

„Wenn Sie uns den Seed geben, können Sie gehen, wohin Sie wollen", fauchte er ihn an.

„Niemals!"

Die Erwähnung des Seeds ließ Whiner zurückweichen, als wäre er geschlagen worden. Er blickte auf den Hügel hinauf und dann zurück zu Hamid. Seine Stimme verebbte zu einem Flüstern. „Der Seed ist das einzige, was mich hier am Leben erhält. König Tamowan ist überzeugt, dass er mir die Macht zum Kriegsherrn verleiht."

„Ich hingegen glaube, dass er Ihnen die Macht verleiht, uns an Herobrine zu verraten. Ich war so blöd, Ihnen während des Ghastangriffs den Seed zu überlassen."

Whiner grinste. „Ja, das war dumm. Aber in der Hitze des Gefechts können nicht alle geniale Kriegsherren sein."

„Sie können Ihre Genialität zeigen, wenn wir Sie zur Armee zurückbringen. Jetzt, da Gonquin Sie hat weglaufen sehen, wird er Sie im Auge behalten, und ich werde auf den Seed aufpassen. Sobald wir Ant befreit haben, werden wir alle in die Oberwelt zurückkehren und den Seed zum Dorf der Wächter zurückbringen. Verstanden?"

„Du bist ein wenig überheblich für jemanden, der seinen besten Freund und das wichtigste Teil seines Lieblingsspiels verloren hat. Aber ich werde dir folgen." Whiner ließ ein Schmunzeln aufblitzen. „Fürs Erste."

Hamid und Whiner stiegen zu Jaina und Gonquin auf den Hügel hinauf. Von dort hatten sie einen guten Ausblick über die Landschaft.

Vor ihnen lag ein breiter Lavasee. Von der einen Seite führte eine enge Schlucht aus dem See. Der felsige Kamm schlängelte sich in die Ferne. Hamid überfiel eine plötzliche Vertrautheit beim Anblick der Schlucht. Aber der Lavasee zog jetzt seine Aufmerksamkeit auf sich.

Auf seinem Server hatte er sich viele Male in den Nether gewagt, und er dachte, der Anblick eines Lavasees könnte ihn kaum noch in Erstaunen versetzen. Dieser See jedoch war viel größer als alle, die er bisher gesehen hatte. Riesige, grünlich schimmernde Ghasts flogen über den See und ließen sich in trägen Kreisen von der heißen Thermik tragen.

„Das sind die gleichen Ghasts, die auch das Dorf überfallen haben", stellte Hamid fest.

Jaina nickte. „Sieht so aus, als hätten wir ihre Heimat ausfindig gemacht."

An der anderen Seite des Sees erhob sich eine Ziegelmauer aus den feurigen Fluten. Die blutroten Netherziegel traten unmittelbar aus dem See heraus. Die Mauer reckte sich hoch in die Luft und endete in einer Reihe breiter Geschütztürme und spitzer, dunkler Wachtürme an den sichtbaren Ecken. Alles andere war hinter der Mauer verborgen.

„Eine Netherfestung" sagte Hamid.

„Das ist die Schwarze Festung", erklärte Gonquin.

„Viele Jahre haben wir in Frieden mit den Lohen gelebt. Jetzt aber schicken sie ihre Ghasts, um unsere Dörfer anzugreifen. Irgendwo da drinnen befindet sich das Böse, das uns so quält."

Plötzlich erzitterte der Hügel, auf dem sie standen. Whiner kroch von der Kante, konnte kaum das Gleichgewicht halten. Laute Schreie waren von der Schweinezombiearmee unter ihnen zu hören. Hamid drehte sich um und musste mitansehen, wie sich der Boden um die Lagerhalle öffnete und König Tamowan und seine königliche Garde verschlang. Der gesamte Boden des Platzes verschwand und die Schweinezombies stürzten in die Dunkelheit.

Chaos breitete sich auf dem ganzen Platz aus. Schweinezombies liefen kreischend und grunzend im Kreis. Block für Block brach der Netherrack unter ihren Füßen ein. Mit jedem herunterfallenden Block verschluckte der Boden einen weiteren Soldaten.

Hamid, Jaina und Gonquin standen am Rand des Chaos. Jaina betrachtete den einbrechenden Boden.

„Der ganze Platz ist mit Redstone und Kolben verkabelt", stellte sie fest. „Das ist eine klassische Fallgrube."

„Und wir Idioten fallen darauf herein." Hamid betrachtete die chaotische Szene vor ihm genauer. „Da wusste jemand ganz genau, dass wir kommen."

Der Boden unter ihren Füßen dröhnte und verschwand ins Dunkle. Im nächsten Moment fielen auch sie in die Tiefe.

Schmerz durchbohrte Hamid, als er auf dem Boden aufschlug. Sein Schädel brummte, als wäre er mit einem Rucksack voller Steine geschlagen worden. Verwirrtes Schweinegrunzen erfüllte die Luft. Mitten in diesem Durcheinander entdeckte er Jaina. Sie half gerade Gonquin auf die Beine. In ihrer freien Hand hielt sie das goldene Schwert, das sie von den Schweinezombies erhalten hatte.

Weitere Netherrackblöcke stürzten herab und mit ihnen viele Soldaten. Hamid fragte sich nach dem

Sinn hinter diesem ganzen Chaos. Über ihm konnte er noch die Reste des Schweinezombielagers erspähen. Sie steckten in einer Grube, die nicht hoch genug war, um jemanden zu töten. Wer auch immer diesen Wahnsinn verursacht hatte, er wollte sie lebend. Am Rand der Grube tauchten flackernde Feuerbälle auf. Brennende Ruten schwirrten um die herannahenden Soldaten.

„Lohen!", schrie Hamid, doch seine Warnung ging in den Schreien der Schweinezombies unter.

Die feurigen Soldaten marschierten wie ein einziger Körper über die gestürzten Schweinezombies, als wären sie gar nicht da. Ihnen folgten in zweiter Reihe Witherskelette, die die Schweinezombies ergriffen und fortschleiften.

Hamid und Jaina rückten näher zusammen und schwangen ihre Schwerter. Gonquin gab ihnen Rückendeckung und hielt sein eigenes goldenes Schwert der Lohenwelle entgegen.

Schrecken erfasste Hamid.

„Wo ist Whiner?", schrie er.

„Zurzeit mache ich mir eher Sorgen um uns", erwiderte Jaina.

„Solange Whiner den Seed hat, mache ich mir große Sorgen um ihn."

Gonquin deutete quer durch die Grube. „Da drüben steckt er!“

Whiner stand fassungslos an der anderen Seite der Fallgrube. Er musste zurückgeblieben sein, als sie zum Lager gerannt waren. Sofort war er von ein paar Dutzend Lohen umzingelt.

Bedroht von einer heranstürmenden Welle aus Feinden konnte Hamid nur beobachten, wie eine neue Figur zwischen den Lohenreihen um Whiner herum auftauchte.

Der Neue trug eine Diamantrüstung. In seinen Händen hielt er ein paar teuflisch aussehende Diamantschwerter. Grüne Linien schlängelten sich blinkend über Klingen und Rüstung und pulsierten, als wären sie lebendig. Ein dunkler Helm verdeckte das Gesicht des Fremden, der sich Rektor Whiner näherte.

Der Schulleiter fiel auf die Knie. Sein blockiges Gesicht hatte sich in eine angsterfüllte Maske verwandelt. Hamid hatte diesen Mann noch nie so verängstigt gesehen.

Als der Fremde direkt vor Whiner stand, verschwanden die Schwerter aus seinen Händen. Er sprach zum Rektor. Hamid konnte die Worte nicht verstehen. Whiner schüttelte angsterfüllt und trotzig den Kopf.

Der Mann in der Rüstung erhob eine Hand. Sie endete in einem typischen Minecraftstumpf, aber sie glühte. Grünes Licht pulsierte durch seine Diamantrüstung und floss in seine Hand, bis sie hell wie ein Feuer leuchtete. Whiner, noch immer auf den Knien, starrte wie gebannt auf den glühenden Arm. Mit einer fließenden Bewegung tauchte der Fremde die Hand in Whiners Brustkorb. Whiner öffnete seinen Mund zu einem Schrei, brachte aber keinen Laut heraus. Hamids Brust zog sich bei der bloßen Vorstellung an diesen Schmerz zusammen. Ihn befiel das seltsame Gefühl, schon einmal in derselben Lage gewesen zu sein. Qualvolle Sekunden später zog der Fremde seine Hand aus dem Rektor, aber dieses Mal war sie nicht leer. Sie hielt etwas Kleines, etwas Rundes. Zahlen strömten unablässig aus diesem Gegenstand.

„Der Seed!“ Jaina rang nach Luft. Whiner fiel in sich zusammen, als hätte man die Luft aus ihm abgelassen.

„Dieser Kerl hat gerade den Seed aus Whiners Inventar geklaut!“

Der Fremde drehte sich um, als er Jainas Stimme hörte. Seine grünen Augen glühten wie Giftmüll unter dem Helm hervor.

„Ant!“, keuchte Hamid.

„Hallo, meine Freunde“, knurrte Ant. Er stieg über Whiners zusammengesunkenen Körper und kam näher. „So sieht man sich endlich wieder.“

Die angreifenden Lohen waren jetzt in Reichweite, aber Hamid, Jaina und sogar Gonquin waren viel zu geschockt, um sie zurückschlagen zu können. Hamids Schwert wog schwerer in seiner Hand als ein Schulbus.

Ant hob den Seed in die Höhe, damit alle ihn sehen konnten.

„Glaubst du immer noch, dass ich ein Versager bin, Hamid? Ich befehlige eine ganze Armee und ich besitze den Seedgenerator, um den hier alle kämpfen.“

„Verzeihung, Ant, aber ich habe dich nie für einen Versager gehalten“, stammelte Hamid.

„Doch, das hast du“, entgegnete Ant. „Und jetzt wirst du dafür bezahlen.“

Auf Ants Kommando stürzten die Lohen mit flammenden Augen nach vorn.

Hamid schwang sein Schwert auf das nächste Monster. Seine goldene Klinge prallte an der Lohe ab und richtete weder größeren Schaden an noch bremste sie sie ab. Neben ihm schlugen Jaina und Gonquin nach ihren feurigen Gegnern. Hamid trat einen Schritt zurück und fühlte die harten Netherracks der Grubenwand in seinem Rücken. Sie waren in die Enge getrieben. Ohne eine Möglichkeit, irgendwohin zu laufen, standen sie Schulter an Schulter, während immer mehr Lohen auf sie zukamen. Feuerruten schwirrten um die Bestien und brannten Hamids letzte Hoffnung nieder.

„Wir können sie nicht alle besiegen", sagte Gonquin.

„Wir können nicht entkommen", stimmte Jaina zu.

„Doch, könnt ihr!"

Die Stimme erklang neben Hamids linkem Fuß. Er sah nach unten und entdeckte einen vertrauten, rothaarigen Freund aus einem Loch im Boden schielen. Es war nur einen Block breit, aber mit Hoffnung gefüllt.

„Bano!", schrie Hamid aufgeregt.

„Stets zu Diensten!" Der geheimnisvolle Dorfbewohner grinste. „Jetzt klettert mal schnell hier herunter, bevor Ant uns noch alle umbringt."

Kapitel 10

Das musste Bano ihnen nicht zweimal sagen.

Hamid ließ sich in das Loch zu seinem lange verschollenen Freund gleiten. Die Leiter, die am engen Schacht angelehnt war, verlangsamte seinen Fall. Einige Sekunden später traf er auf festen Grund, Jaina und Gonquin kletterten hinterher.

Nur das Licht der quadratischen Öffnung drang von oben herein. Sie befanden sich tief unter Ant und seiner Lohenarmee. Die verwirrten Biester schwirrten um das Loch herum, wagten sich aber nicht hinein.

„Ich hab die Leiter beim Heruntersteigen mitgenommen“, sagte Jaina. Die Wände des Schachtes waren jetzt blank. „Sie sind schlau genug und werden nicht herunterspringen, aber sie werden bald einen anderen Weg hierher finden.“

„Hier entlang, schnell!“, forderte Bano aus der Dunkelheit.

Hamid wartete, bis sich seine Augen an die Dunkelheit gewöhnt hatten. Dann erspähte er den roten

Schopf des Dorfbewohners am Ende des schmalen Tunnels und rannte los. Seine Gedanken bewegten sich ebenso schnell wie seine Beine.

Bano sah aus wie ein typischer Dorfbewohner, aber er war alles andere als typisch. Zum einen hatte er einen roten Haarschopf, wo er doch eigentlich kahl sein sollte wie alle anderen Dorfbewohner in Minecraft. Dann war da noch die Tatsache, dass er aus dem Dorf der Wächter in der Oberwelt stammte, in dem die Bewahrer des Seeds lebten, jenes Gegenstandes, weswegen sie alle in Minecraft gefangen waren. Damals in der echten Welt hatte Bano ihnen die Echten Diamantschwerter gegeben, getarnt als Schaumstoffschwerter. Die Macht der Echten Diamanten hatte sie in den Seedserver gebracht und auf der Suche nach dem gestohlenen Seed tief unter die Oberwelt geführt. Hamid hatte Bano das letzte Mal gesehen, als dieser in einem Lavasee ertrank. Beide, Ant und er, hatten ihn sterben sehen. Jetzt aber war er hier, lebendig, gesund, und er rettete gerade ihr Leben.

Die Tunnelwände schienen Hamid von allen Seiten zu bedrängen und einzuschließen. Er musste in seinem Kopf alles ein wenig neu ordnen. Bano war zurückgekehrt, aber Ant war verschwunden. Anstelle seines besten Freundes war da ein teuflischer Kerl mit grün glühenden Augen und einer Armee von Monstern unter seinem Befehl. Außerdem hatte er den Seed. Hamid hatte gesehen, wie er ihn aus Rektor Whiners Inventar an sich gerissen hatte. Hamid vertrieb das Bild aus seinem Kopf und lief weiter.

In einem größeren Raum voller Truhen, Schienen und Loren holte er Bano ein. Ein halbes Dutzend Schienen lief in der Mitte des Raums zusammen. Jedes Gleis führte in eine andere Richtung und verlor sich in längeren, dunklen Tunneln. Sie befanden sich in einem Depot unter der Lagerhalle oder dem, was von ihr übrig geblieben war. Früher wurden hier Erze hinein- und herausgekarrt und durch den Nether transportiert. Nun war der Raum leer, nur die Gleise und rostigen Loren waren übrig geblieben.

„Wie hast du uns gefunden, Bano?", fragte Hamid, nachdem er wieder zu Atem gekommen war.

Der Dorfbewohner winkte Hamids Fragen ab.

„Keine Zeit für Erklärungen, aber dieser kleine Kerl hier war dabei sehr hilfreich."

Ein pelziges Köpfchen lugte hinter einer Lore hervor.

„Bones!" Jaina rannte auf den kleinen Hund zu und hielt ihn fest umschlungen.

„Euer kleiner Freund war der Schlüssel, damit wir euch finden konnten“, fügte Bano hinzu.

„Wir?“ Hamid war überrascht. „Du bist nicht allein?“

Zwei Gestalten traten aus dem Dunkel eines anderen Tunnels zu ihnen heraus. Die eine hatte eine violette Haut, trug einen schwarzen Kapuzenpulli und große Kopfhörer. Er stützte eine stolpernde Person mit fahlem Gesicht, kaum imstande zu stehen.

„Das ist Phisagrim, ein alter Freund“, sagte Bano. Die violette Gestalt nickte grüßend und ließ seine Fracht kurzerhand auf den Boden fallen. „Ich sehe, du hast ihn gefunden, Phisa. Danke.“

„Whiner!“ Hamid rang nach Luft. Der Rektor sackte auf dem Boden zusammen und blickte sich um wie ein verirrtes Kleinkind.

„Er wollte zuerst überhaupt nicht mitkommen“, erzählte Phisa. „Aber letztlich hatte er gar keine andere Wahl. Mitkommen oder von den Lohen verbrannt werden, waren die einzigen Möglichkeiten.“

Whiner starrte in die Dunkelheit und streckte seine Arme aus, als wolle er nach etwas greifen.

„Er hat direkt hineingegriffen“, stammelte er. „Mit seiner Hand. Er hat den Seed einfach mitgenommen.“

„Er steht unter Schock“, sagte Bano.

„Kein Wunder!“, bestätigte Gonquin. „Dieser dunkel gepanzerte Krieger hat Kräfte, die ich noch nie zuvor gesehen habe.“

„Ant griff direkt in das Inventar des Rektors und hat den Seed herausgezogen“, erklärte Hamid.

„Auf dieselbe Weise hat er auch unsere Diamantschwerter an sich gerissen“, fügte Jaina hinzu.

„Die Person in dieser Rüstung ist nicht der Ant, den ihr kennt. Er ist vom Alphaschleim infiziert worden“, sagte Bano.

„Alphaschleim? Was ist denn das?“

Vom anderen Ende des Tunnels war plötzlich das Knistern von Feuer zu hören. Hamid wandte sich dem lauter werdenden Geräusch zu. Gonquin eilte zum Eingang des Tunnels und spähte in das schwache Licht.

„Die Lohen sind unten am Schacht angekommen.“

„In ein paar Sekunden werden sie hier sein“, sagte Bano.

„Dann werden wir bleiben und kämpfen.“ Jaina griff nach ihrem Schwert. Bones stimmte ihr knurrend zu.

„Diesen Kampf werden wir verlieren.“ Bano wandte sich an Phisagrim. „Ist alles vorbereitet?“

„Der Tunnel ist vollgepackt und scharf gemacht.“

Phisa übergab Bano eine Redstonefackel. „Stell sie auf, und alles wird in die Luft gehen."

„Perfekt." Bano zeigte auf einige Loren, die auf einem Gleis bereitstanden. Die Schienen führten steil hinab in eine Öffnung in der Wand. „Jeder klettert in eine Lore und fährt dort hinein. Wenn ihr alle in Sicherheit seid, werde ich die Ladung zünden."

Ein Redstonekabel verlief auf dem Boden entlang von den Loren direkt in den Tunnel, durch den sie entkommen waren.

„Deswegen also ist der Tunnel voller TNT." Jaina war beeindruckt.

Jetzt erst bemerkte Hamid die rotweißen Blöcke entlang der Wände ihres Fluchtweges. TNT. Jede Menge TNT. Da er sich nur darauf konzentriert hatte, Bano zu folgen, hatte er gar nicht bemerkt, dass er die ganze Zeit über Sprengstoff gehastet war. Die Redstonekabel verbanden all das TNT miteinander. Phisa hatte Recht. Man musste nur diese Redstonefackel so platzieren, dass sie den Kreislauf schloss, und das ganze Gebäude würde unter- wie oberirdisch in Millionen Blöcke zerbersten.

„All das TNT wird Ant umbringen." Hamid war entsetzt. „Ich dachte eigentlich, du wolltest ihn heilen."

„Ant ist inzwischen mächtiger, als du dir vorstellen kannst", entgegnete Bano. „Unsere kleine Überraschung wird nur seine Lohenarmee erledigen. Ant wird das überstehen und sich zur Verteidigung in die Schwarze Festung zurückziehen. So gewinnen wir Zeit."

Das Knistern aus dem Tunnel wurde lauter.

„Sie kommen", rief Gonquin vom Tunneleingang.

Phisa stand an den Schienen. „Alle in die Loren, und los geht's."

Gonquin verließ seinen Posten am Tunnel und sprang in die erste Lore. Jaina nahm die zweite und zog Bones mit sich.

„Bleib schön bei mir, kleiner Kerl", flüsterte sie ihm zärtlich ins Ohr.

Phisa bestieg die dritte Lore. „Warte nicht zu lange mit dem Zünden", mahnte er.

„Keine Sorge, alter Freund." Bano grinste. „Misch schon mal die Schleimshakes durch. Wir kommen nach."

Phisa drückte auf den Knopf neben dem Gleis, und es wurde mit Strom versorgt. Die Loren rauschten aus dem Depot und brachten Gonquin, Phisa, Jaina und Bones in Sicherheit.

„Jetzt sind wir an der Reihe." Bano setzte drei weitere Loren aufs Gleis und wandte sich an Hamid. „Hilf deinem verehrten Rektor auf die Beine und mach dich zur Abfahrt bereit."

Hamid half Whiner auf und schleppte ihn zu einer Lore. Der verwirrte Kahlkopf ließ sich widerstandslos wegbringen. Er nörgelte nicht einmal, als Hamid ihn in der Lore verstaute, starrte rückwärts in den mit TNT vollgestopften Tunnel und sagte kein einziges Wort.

„Schön sitzenbleiben." Hamid tätschelte seinen kahlen Schädel. „Braver Rektor."

Bano stand mit einer Redstonefackel neben der letzten Lore und nickte in Richtung des leeren Gefährts.

„Rein mit dir", forderte er Hamid auf. „Ich werde jetzt die Fackel platzieren. Du setzt die Loren in Gang."

Hamid hüpfte in die Lore und legte seine Hand auf den Knopf. Bano stieg in die Lore dahinter.

Dann ging alles schief.

Eingehüllt in seine dunkle Rüstung und lodernd vor grüner Energie platzte Ant aus dem Tunnel hervor. Ihm folgte ein endloser Strom von Lohen.

„Da ist er!", kreischte Whiner, als wäre er durch eine Redstonefackel aktiviert worden.

„Jetzt, Hamid!" schrie Bano.

Hamid drückte auf den Knopf, die mit Energie versorgte Schiene leuchtete auf und beförderte die Loren aus dem Raum heraus. Sie waren erst einen Block weit gerollt, als Whiner heraussprang und direkt auf Ant zustürmte. Er wedelte wild mit einer Eisenspitzhacke herum.

„Gib mir den Seed zurück!“ brüllte er.

In diesem Moment rammte Bano die Fackel auf die Zündschnur. Der Redstone erwachte zum Leben. Die Energie floss in Richtung TNT.

Doch dort kam sie nie an.

Whiners wirre Attacke mit der Spitzhacke hatte die Zündschnur durchtrennt und so die Verbindung zum TNT unterbrochen. Bevor das TNT gezündet werden konnte, wurde das Redstonesignal gestoppt und lief an der Einschlagstelle ins Leere.

Hamid hätte sich am liebsten auf dem Boden der Lore verkrochen. Ihr rhythmisches Rattern auf den Schienen wurde mit zunehmender Geschwindigkeit immer lauter. In wenigen Sekunden würde er aus dem Lager hinaus in die endlose Weite des Nether rollen.

Ant hatte gewonnen. Er besaß nun den Seed und befehligte eine riesige Streitmacht.

Hamid hingegen wäre bald in Freiheit. Aber er wusste auch, dass sie nicht lange währen würde.

Welche Macht auch immer von Ant Besitz ergriffen hatte, sie würde ihnen nicht erlauben zu fliehen, nur damit sie am nächsten Tag wiederkämen, um erneut zu kämpfen. Ant und seine Lohenarmee würden den Schienen folgen und sie alle aufspüren. Hamid durfte das nicht zulassen. Er zog sich vom Boden der rollenden Lore hoch. Es war Hamids Aufgabe, Ant und sein Heer aufzuhalten, um seinen Freunden ein wenig Zeit zu verschaffen und anschließend Whiner ein paar Ohrfeigen zu verpassen für das Chaos, das er wieder einmal angerichtet hatte.

Hamid sprang aus dem Wagen und landete mit einer Rolle auf dem Boden. Als er wieder auf die Beine kam, sah er Banos Lore aus dem Lager rauschen. Die Warnschreie des Dorfbewohners hallten an den Tunnelwänden noch lange nach.

Hamid lief über die Schienen zurück und hob die Fackel auf. Ohne, dass er es überhaupt realisiert hatte, erschien sein Schwert in der anderen Hand. Die Lohen kreisten hoch über dem Raum. Mitten in den herumwirbelnden Flammen entdeckte er sein Ziel.

„Ant!“, schrie Hamid, und alle Augen richteten sich sofort auf ihn. Sein bester Freund hatte Whiner am Nacken gepackt. Die Spitzhacke hing nutzlos in seiner Hand. „Lass ihn los.“

„Du musst wieder den Helden spielen, nicht wahr, Hamid“? Ant lächelte höhnisch.

„Ist besser, als der Böse zu sein."

„Das würde ich so nicht sagen." Ants Augen funkelten giftgrün. „Vielleicht solltest du es mal ausprobieren. Aber ich werde tun, worum du mich bittest."

Ant ließ Whiner auf den Boden fallen. Der Rektor krabbelte hastig in Hamids Schatten und versteckte sich dort wie ein verängstigter Welpe.

Die Lohen versammelten sich um ihren Kommandanten und warteten auf seinen Befehl. Ant näherte sich langsam. Grüne Energielinien jagten über seine Diamantrüstung. Hinter ihm befand sich noch immer all das TNT, so unverbraucht wie ungefährlich.

„Du hast meine Frage noch nicht beantwortet, alter Freund", sagte Ant nach einer langen Pause. „Hältst du mich immer noch für einen Versager? Sollen wir sehen, wer der bessere Kämpfer ist? Du mit deinem Schweineschwert oder ich mit meiner wohlverdienten Macht?"

Hamids Kehle schnürte sich zu. Ein Duell mit Ant wäre schon zu Ende, bevor es begonnen hätte. Es gab nur eine Sache, die Ant verletzen und seinen Freunden Zeit verschaffen würde. Er trat einen Schritt näher an seinen Freund heran.

„Du warst immer der bessere Kämpfer von uns beiden", schmeichelte Hamid. „Erzähl mir von dieser neuen Supermacht, die du jetzt besitzt. Hört sich ziemlich cool an."

Ants Augen weiteten sich belustigt. „Warum sollte ich das tun? Damit du dir einen Fluchtplan ausdenken kannst, während ich herumschwafele, wie großartig ich bin?" Zwei Diamantschwerter erschienen plötzlich in seinen Händen. „Ich habe dieselben Filme gesehen wie du, Hamid. Glaubst du wirklich, ich bin so blöd?"

„Du bist nicht blöd, Ant." Hamid ging noch einen Schritt auf ihn zu. „Aber klüger als ich bist du auf gar keinen Fall."

Hamid ließ sich auf die Knie fallen und platzierte die Redstonefackel auf dem schlafenden Kabel zu seinen Füßen. Es erwachte zum Leben, und das Signal rauschte zwischen Ants Beinen und seinen aufgeschreckten Lohen hindurch.

Hamid konnte nur hoffen, dass die Verbindung zu Banos TNT noch intakt war, aber er würde hier nicht abwarten, um es herauszufinden. Er entschied sich für irgendeine Richtung und rannte los. Mit einem Seitenblick konnte er erkennen, dass das TNT aufzublitzen begann. Er musste so schnell wie möglich hier weg.

Vor ihm entdeckte er den Umriss einer Lore auf einer anderen Schiene. Plötzlich erhellte ein Lichtergewitter den Raum. Im letzten Augenblick sprang Hamid in die Lore. Die Kraft der Explosion schickte ihn auf die Reise, hinaus aus dem Depot, hinein in den Nether.

Alles, was Hamid noch hörte, als er herausrollte, waren die Schreie seines besten Freundes und das unnachgiebige Pochen seines eigenen Herzens.

Kapitel 11

Wider Erwarten schmeckte Jaina der Schleimshake ziemlich gut.

Bano hatte sich sogar einen zweiten Becher dieses eiskalten Leckerbissens gegönnt. Seit sie angekommen waren, hatte Phisa unaufhörlich Essen zubereitet.

„Nimm dir noch einen!“ Er stellte ein weiteres hohes Glas mit dem eiskalten Smoothie auf die Theke vor Jaina.

„Das ist wirklich köstlich, aber ich glaube, einer reicht mir.“ Wieder erschien ein neues Herz in Jainas Inventar und schlug glücklich. „Ich habe wieder fast alle Lebenspunkte. Ein weiterer Shake wird bloß mein Gehirn einfrieren.“

„Ich brauche noch ein paar Sekunden.“ Gonquin saß neben Jaina auf einem Stuhl und schlürfte die letzten Tropfen des Schleimshakes vom Grund seines Glases.

Jaina betrachtete den Schweinezombieprinz neben sich. „Ich wusste gar nicht, dass Schweinezombies essen müssen.“

„Müssen wir auch nicht, aber das heißt ja nicht, dass wir leckeres Essen nicht genießen können." Gonquin schnappte sich den Shake von Phisa.

„Ihr könnt jedenfalls lecker grillen." Jaina grinste. „Ich habe Hamid noch nie so viel in sich hineinschlingen sehen."

Die Erinnerung an ihren vermissten Freund ließ ihr Lächeln verblassen.

„Mach dir keine Sorgen um Hamid", sagte Phisa, „Ich habe meine besten Schleime mit dieser Angelegenheit betraut. Sie haben mir berichtet, dass er die Explosion überlebt hat und aus dem Depot entkommen ist."

„Ja, aber auf einer Schiene, die irgendwohin in den Nether führt." Jaina klang besorgt.

„Meine zuverlässigsten Schleime verfolgen die Schienen." Er lächelte Jaina aufmunternd an. „Sei unbesorgt, sie werden ihn sehr bald aufspüren."

„In der Zwischenzeit sollten wir uns sorgfältig auf das vorbereiten, was bald passieren wird", mahnte Bano.

„Ich hab ja noch nicht einmal begriffen, was gerade passiert ist", warf Jaina ein, „und ich weiß auch nicht, was das hier für ein Ort ist."

„Wir sind in meinem Café." Phisa zuckte mit den Achseln. „Was ist daran denn so schwer zu verstehen?"

„Hm, wir sind im Nether." Jaina glitt von ihrem Stuhl. „Wer hat jemals von einem Café im Nether gehört?"

Nischen mit Tischen säumten die Wände und mitten im Raum standen noch mehr Tische. Ein langer Tresen säumte eine Wand. Dahinter an der Wand hing eine große Speisekarte mit all den täglichen Köstlichkeiten wie Schleimüberraschungs-Burger oder Eisbecher Netherbeere.

Bano schlürfte den letzten Schluck seines Schleimshakes herunter. „Phisa ist ein alter Freund von mir und ein gewiefter Geschäftsmann. Er ist einer der fairsten Chefs auf dem Seedserver. Du wirst es nicht glauben, aber Phisas Café ist ein beliebtes Ziel für alle Kreaturen, die hier zu Hause sind."

„Wenn du es sagst." Jaina schlüpfte in eine Nische und ließ sich auf einen weichen Sessel fallen.

Seitdem Ant sie aus dem Hinterhalt überfallen hatte, hatte sie keine Zeit zum Nachdenken gehabt. Da war nur das furchtbare Durcheinander aus kämpfenden Lohen und explodierenden Netherracks. Was war mit Ant geschehen? War das wirklich er unter dieser Rüstung? Hatte Hamid die TNT-Explosion wirklich überlebt? Wo im Nether war er?

Jaina sank tiefer in ihren Sessel. Am liebsten würde sie an diesem Ort einfach verschluckt werden. Das

Einzige was sie trotz all ihrer Anstrengungen bisher erreicht hatte, war es, ihre Freunde ein zweites Mal zu verlieren. Sie selbst war ebenso verloren. Ihre einzige Gesellschaft waren ein Schweinezombieprinz, ein Typ, der aus Schleimbällen Eiscreme machte und ein Dorfbewohner mit einer schlechten Frisur. Etwas Warmes drückte sich an ihre Beine. Mit traurigen Augen blickte Bones zu ihr auf. Jaina kraulte zärtlich sein Fell.

„Wenigstens bist du noch hier, mein treuer Freund." Bones leckte ihre Hand und schmiegte sich enger an ihre Beine. Ihr wurde warm ums Herz. Sie war nicht ganz allein. Außerdem war jetzt nicht die Zeit für Selbstmitleid. Jaina setzte sich aufrecht in den weichen Sessel, blieb aber in ihrer Nische.

„Du hast Recht, Bano. Genug herumgesessen. Hamid ist verschwunden. Der Seed ist gestohlen, und Ant ist seinem inneren Bösewicht verfallen. Wir müssen dringend etwas unternehmen."

„Jetzt können wir reden!" Phisa schlug mit der Hand auf den Tresen. „Mein Schleimshake scheint seine magische Wirkung entfaltet zu haben."

„Ja wirklich. Ich glaube, ich fühle mich schon viel besser", verkündete Jaina.

„Hervorragend." Phisa zog seine Schürze aus und legte sie auf den Tresen. „Ich bin gleich zurück."

Er verschwand in einem Raum hinter der langen Theke. Sie sahen ihn nicht mehr, konnten aber hören, wie er mit Papier raschelte und Kisten verrückte.

„Was macht er da?“ fragte Jaina.

„Vielleicht holt er neues Essen.“ Gonquins untote Augen blitzten bei diesem Gedanken auf.

„Ja, vielleicht“, erwiderte Jaina. „Weißt du, was ich wirklich wissen möchte? Warum hat sich Ant in einen üblen, Seed stehlenden Bösewicht verwandelt? Wie können wir Hamid finden? Steckt Herobrine hinter all dem? Kurz: Was zum Teufel geht hier eigentlich vor?“

„Die Schlacht um das wahre Herz von Minecraft geht hier vor.“ Bano ließ sich gegenüber von Jaina in einen Sessel fallen. „Es gibt viele Mächte, die sich die Kontrolle über den Seedserver erkämpfen wollen. Herobrine ist nur ein Akteur in diesem großen Drama.“

„Alles, was du sagt, klingt so poetisch“, bemerkte Jaina. „In Wirklichkeit ist es ein Kampf ums nackte Überleben.“ Sie erhob sich. „Da wir gerade vom Überleben sprechen, wieso bist du überhaupt hier? Hamid hat mir erzählt, du seist in einem Lavasee ertrunken.“

„Ich bin eine Alphakreatur. Das bringt so einige Vorteile mit sich. Einer von ihnen ist, dass man noch einmal von vorn beginnen kann.“

„Wie ein Respawnbutton?“ Jaina war überrascht. „Das gibt es doch auch im Spiel. Ich respawne jedes Mal, wenn ich einen tödlichen Fehler gemacht habe.“

Banos Gesicht verfinsterte sich. „Leider kannst du in dieser Welt nicht neu spawnen. Du und deine Freunde besitzen nur ein Leben auf diesem Server. Nur ein Leben, nur eine Chance.“

„Das heißt, wenn Hamid etwas zustößt, ist er verloren? Endgültig?“ Jaina wagte nicht, sich das auszumalen.

Bano wollte gerade noch etwas sagen, als ein Stapel zusammengerollter Schriftstücke und ein sehr altes, dickes Buch schwungvoll auf ihren Tisch gelegt wurden.

„Ich habe sie gefunden.“ Phisa grinste hinter den Stapeln hervor. Er nahm das oberste Blatt und breitete es auf dem Tisch aus.

Es war über und über mit Linien und Schnörkeln beschrieben. Jaina konnte keinen Sinn darin entdecken. Gonquin gesellte sich zu ihnen. Sie beobachteten, wie Phisa die Dokumente durchsah.

„Ich glaube nicht, dass sie uns helfen können, Hamid zu finden“, wandte Jaina ein.

Phisa blickte nicht von den Papieren auf. „Es geht jetzt nicht um Hamid. Meine Schleime werden ihn schon finden.“

„Deine Schleime können aber viel", sagte Jaina zweifelnd.

„Allerdings." Phisa lächelte stolz. „Schleime sind sehr vielseitig. Vor einiger Zeit habe ich meine Schleimprodukte zu Kunden überall auf diesem Server verschickt. Dreh- und Angelpunkte waren die Schienennetze in dem Depot, das wir gerade in die Luft gesprengt haben."

„Also weißt du, wohin die einzelnen Schienen führen?"

„Ich wusste es einmal, doch das ist lange her. Aber ich weiß noch, dass jede Schiene in eine andere Region des Nether führt. Die Schienen, die wir genommen haben, haben uns eben hierher gebracht."

„Du glaubst also, Hamid hat einfach nur andere Schienen genommen? Wie kannst du da sicher sein? Er könnte auch tot sein." Bei dem Gedanken an den endgültigen Tod ihres Freundes sackte Jaina zusammen.

Gonquin saß neben ihr.

„Er lebt, Jaina." Die Stimme des Schweinezombies strahlte Zuversicht aus und besänftigte ihre aufkommende Panik ein wenig.

„Zu glauben, dein Freund wäre tot, hilft uns nicht dabei, ihn lebend zu finden."

Bano lehnte sich über den Tisch.

„Wir werden ihn finden", sagte er überzeugt.

Die Worte ihrer Freunde beruhigten ihr rasendes Herz.

„Außerdem müssen wir herausfinden, was mit Ant nicht stimmt", beharrte Jaina.

„Ach so, das habe ich schon herausgefunden", meldete sich Phisa zu Wort. Er unterbrach seine Suche in den Papieren und schlug das große Buch auf, das er aus dem Hinterzimmer mitgebracht hatte. Er blätterte hastig durch die Seiten und wieder zurück, als er bemerkte, dass er zu weit geblättert hatte. Unvermittelt stoppte er und drehte das Buch um, damit alle es sehen konnten.

„Darum hat euer Freund sich so verändert."

Die Buchstaben auf den Seiten tanzten magisch. Das Buch war in der Sprache der Verzauberungen geschrieben und für Jaina völlig unleserlich. Für die anderen hingegen ganz und gar nicht.

„Das kann nicht sein", stammelte Gonquin.

„Ich fürchte doch", sagte Bano.

„Was ist los?" Jaina war gespannt „Wovon redet ihr?"

Bano legte einen Finger auf eines der Wörter der aufgeschlagenen Seite. Durch die Berührung verwandelten sich die Buchstaben in ein Bild. Ein großer, durchscheinender, grün aufleuchtender Würfel erschien. Jaina hatte ihn schon einmal gesehen.

„Ein Schleim."

„Nicht irgendein Schleim", sagte Phisa. Die Begeisterung in seiner Stimme war verflogen. „Das ist die Kreatur, die hinter all dem steckt."

„Ich habe gedacht, Schleime wären deine Freunde."

„Nicht alle Schleime sind gleich erschaffen worden", erklärte Phisa. „Dieser hier wurde von Notch entworfen, aber nicht in das endgültige Spiel integriert."

„Eine Alphakreatur?" Jaina blickte Bano fragend an.

„Ja, eine Alphakreatur wie ich", nickte Bano. „Er ist der Alphaschleim und viel zu gefährlich, um ihn in der endgültigen Minecraftversion zu verwenden."

„Wie Slashax." Bei dem Gedanken an den König der Skelette, der den Seed im Auftrag von Herobrine überhaupt erst gestohlen hatte, lief ein Schauer Jainas Wirbelsäule herunter.

„Viel gefährlicher als dieser knochige Idiot", sagte Phisa. Er untersuchte die aufgeschlagene Seite näher. „Der Alphaschleim tötet seine Gegner nicht, er steuert sie. Er bemächtigt sich ihrer Gedanken und verwandelt sie in seine eigenen Soldaten. Ein Spritzer seines Schleims genügt, und er beherrscht das Denken und Handeln seiner Opfer."

„Der Schleimbiss!" Jaina sprang buchstäblich aus ihrem Sessel. „Wir waren auf der Flucht vor einigen Ghasts, als Ant von einem Schleim bespritzt wurde. Daraufhin bekam er Fieber. Am nächsten Morgen hat er dann unsere Schwerter gestohlen und ist weggelaufen."

„Das bestätigt es. Der Alphaschleim steuert deinen Freund. Er hat sein Gehirn infiziert und kommuniziert mit ihm mittels Telepathie", erklärte Phisa.

„Wie in *Mind Control*?", fragte Jaina. „Aber warum? Was will ein Schleim mit unseren Schwertern?"

„Es geht ihm nicht um eure Schwerter, er will den Seed!"

„Sag ihm, er soll sich schön in der Reihe hinten anstellen. Alle hier sind hinter diesem Ding her."

„Genau deshalb muss er zurück in das Dorf der Wächter", sagte Bano. „Nur unter unseren wachsamen Augen wird der Seed sicher sein."

„Was verspricht sich der Alphaschleim von dem Seed?", wollte Gonquin wissen.

„Höchstwahrscheinlich Macht." Achselzuckend fuhr Phisa fort: „Dieses Wesen hat schon immer im Nether gelebt. Man erzählt sich, er hätte sein Lager in der Schwarzen Festung aufgeschlagen und die Lohen und Witherskelette infiziert. Seitdem lässt er Gonquin und seinen Leuten keine Ruhe mehr."

Gonquin nickte zustimmend. „Früher lebten wir alle friedlich nebeneinander. Neulich aber haben Lohen unser Dorf angegriffen und unsere Jagdgruppen aus dem Hinterhalt überfallen. Wir wussten, dass unsere Nachbarn durch eine dunkle Macht infiziert waren, hätten uns aber niemals vorstellen können, dass ein Schleim die Ursache war."

„Als euer Rektor den Seed durch das Netherportal brachte, muss der Alphaschleim gespürt haben, dass eine neue Kraftquelle angekommen ist." Phisa hatte sich wieder dem Studium der Dokumente zugewandt. „Seitdem hat er seine Soldaten losgeschickt, um diese Macht an sich zu reißen."

„Aber warum?", wollte Jaina wissen.

„Schleime lieben nichts mehr, als sich auszubreiten und immer mehr Land zu überziehen." erklärte Phisa. „Dieser Alphaschleim war bisher nicht in der Lage, in die Oberwelt vorzudringen. Er würde sich am liebsten durch die Höhlen unter der Oberfläche ausbreiten. Falls ihm das gelingt, wird er alle Lebewesen, die ihm begegnen, in Besitz nehmen und möglicherweise den gesamten Seedserver übernehmen."

„Dafür muss er aber die gesamte Energie, die vom Seedgenerator ausgeht, in sich aufnehmen“, fügte Bano hinzu.

„Du meinst damit alle Zahlenreihen, die die Minecraftwelten bestimmen, in denen wir alle spielen?“ Jaina hatte schon viele Welten erschaffen und dazu lange Zahlenreihen eingegeben, die als Worldseeds bekannt waren. Sie bestimmten die Biome und viele andere Dinge in einer Welt. All diese Zahlen wurden vom Seed generiert, eben jenem Seed, den Ant aus Rektor Whiners Inventar gezogen hatte.

„Mit der Energie der Worldseeds würde der Alphaschleim an Macht gewinnen“, erläuterte Bano. „Er wäre in der Lage, Teile von sich und seine Soldaten durch ein Netherportal in die Oberwelt zu schleusen.“

„Von da an wäre es nur ein Frage der Zeit, bis er sich in allen Tunneln, Höhlen und wahrscheinlich auch auf der Oberfläche ausgebreitet hätte“, sagte Phisa.

„Allerdings würde er alle Seeds aufbrauchen, bevor sie die Minecraftspieler in eurer Welt erreichen“, ergänzte Bano.

„Dann könnten die Menschen nie wieder eine Minecraftwelt erschaffen?“, fragte Jaina. Die Vorstellung, dass man keine neuen Minecraftwelten mehr erschaffen könnte, war schlimm. Aber der Gedanke, ohne ihre Freunde in der echten Welt zu sein, war noch viel schlimmer. Ant mochte jetzt ein übler Schleimlord sein, aber irgendwo unter dieser Rüstung versteckte sich immer noch ihr Freund. Sie mussten ihn vom Gift des Schleims befreien. „Wir müssen verhindern, dass dieser Alphaschleim an den Seed kommt."

„Aber wie sollen wir das machen?", fragte Gonquin.

Phisa entrollte ein weiteres Papier.

„Hiermit!" grinste er.

Er breitete das Blatt flach auf dem Tisch aus. Dicke Linien durchkreuzten das Papier und bildeten eine Reihe von Quadraten und Rechtecken.

„Baupläne? Wovon?" Jaina betrachtete die Zeichnungen.

„Pläne von dem Ort, an den wir gehen müssen."

„Und der wäre?"

„Das Innere der Schwarzen Festung."

Kapitel 12

Nur das Rütteln der Lore hielt Hamid bei Bewusstsein.

Dank in regelmäßigen Abständen platzierter Antriebsschienen raste die Lore mit schwindelerregender Geschwindigkeit ihrem Ziel entgegen. Hamid hatte keine Ahnung, wohin die Reise ging, aber das interessierte ihn im Moment auch nicht. Seine beiden noch verbliebenen Herzen blinkten. Er hatte gegen seinen besten Freund gekämpft, war von Lohen beinahe vernichtet worden und hatte sich selbst fast in die Luft gesprengt. Nun war er froh, überhaupt noch am Leben zu sein. Es war gut, sich von der Lagerhalle mit ihren feindseligen Horden und seinem besten Ex-Freund-Dämonenkrieger zu entfernen.

Die rote Landschaft des Nether um ihn herum verschwamm. Mit jedem vorbeirasenden Block schwand die Hoffnung, diesen Server lebend zu verlassen. Der gesamte Trip war völlig außer Kontrolle geraten. Er wusste nicht mehr, wann er das letzte Mal einen

Plan gehabt hatte, der ausgereifter war als „Bleib am Leben!“

Ants Verwandlung war so verwirrend. Aber es war nicht wirklich Ant. Er sah zwar aus wie sein Freund, doch die grün blinkende Rüstung und die Tatsache, dass er seinen Weg mit Leichen pflasterte, sprachen dagegen. Was war mit ihm passiert? Wie konnte er in Whiners Inventar greifen und den Seed stehlen?

Hamid hatte so viel Schaden erlitten, dass er kaum noch klar denken konnte, doch er wusste, dass Ants Verwandlung mit dem sonderbaren Fieber zu tun haben musste. Irgendetwas musste in jener Nacht in der Höhle geschehen sein, bevor er mit ihren Diamantschwertern verschwand. Sein Freund war krank. So wütend Hamid auch war, war ihm klar, dass Ant seine Hilfe brauchte, mehr als je zuvor

Jaina hatte es glücklicherweise besser getroffen. Sie war mit Phisa und Bano entkommen. Hoffentlich hatten sie ein sicheres Versteck gefunden, an dem sie bleiben konnten, bis Ant und seine Armee aus brennenden Untertanen sich ein wenig abgekühlt hatten. Falls das für einen solchen Haufen feuriger Gestalten überhaupt möglich war.

Der Nether raste weiterhin an ihm vorbei. Phisa hatte gesagt, dass das Depot ein Auslieferungslager gewesen sei und die Gleise in alle Richtungen führten. Das Dumme war nur, dass Hamid keinen Schimmer hatte, wohin seine Reise ging und was ihn dort erwartete. Aber Bewegung war besser als hier mitten im Nirgendwo festzusitzen.

Ein Schatten bewegte sich vor ihm über das Gleis. Eine hochgewachsene Gestalt erschien kurz neben den Schienen und verschwand wieder. Irgendetwas an der Art, wie sie sich bewegte, kam ihm bekannt vor. Seine Lore rollte näher. Als er das Loch sah, erschrak er.

Unter der geradeaus verlaufenden Schiene fehlte ein Netherrackblock. Es war nur dieser eine Block entfernt worden. Die Schiene schwebte über dem Loch in der Luft. Es gab nur eine Kreatur, die so ein Zeichen setzen konnte, eine Kreatur, die nicht in den Nether gehörte.

Hamids Lore kam an der schwebenden Schiene zum Stehen. Er musste schnell verschwinden, egal wohin, nur nicht hierbleiben. Er stand auf, um aus der Lore zu springen, doch dazu kam es nicht. Ein starkes Brummen erklang, und er duckte sich wieder auf den Boden der Lore. Das Geräusch ging ihm durch Mark und Bein und hielt ihn am Boden. Das Brummen kam erst von vorn, dann von hinten. Es knackte wie ein Dutzend Radios, die zwischen verschiedenen Kanälen hängengeblieben waren. Ein paar violette Augen spähten aus der Dunkelheit. Noch ein Augenpaar erschien und noch eins. Jedes Augenpaar gehörte zu einem schlanken, schwarzen Körper mit tödlichen Armen. Endermen.

Im Handumdrehen traten sie aus dem Schatten und umringten die Lore. Er saß in der Falle. Die Endermen stupsten ihn mit ihren langen Armen.

Hamids Kopf brummte, und er konnte ihre Gedanken hören.

„Er ist es nicht."

„Er muss es sein."

„Nein."

„Wo dann?"

„Nah."

„Ganz nah."

Die Worte ergaben keinen Sinn für Hamid, aber das konnte an seiner Angst liegen. Wahrscheinlich war es so. Dies hier war der Nether. Endermen kamen nicht in den Nether. Sie gehörten in das Ende, das dritte und letzte Reich von Minecraft. Wie waren sie hierhergekommen?

Die Schienen unter Hamid ratterten im vertrauten Rhythmus einer sich nähernden Lore.

„Da kommt noch einer."

„Er?“

„Möglich.“

Eine Lore raste auf sie zu. Die Endermen drehten sich alle gleichzeitig um und blickten der Lore entgegen. Das Brummen hielt Hamid weiter an Ort und Stelle und er konnte kaum einen klaren Gedanken fassen. Die Lore muss aus dem Depot gekommen sein. War Ant ihm gefolgt? Hatte er seine Lohen geschickt, um ihn niederzustrecken?

„Was macht ihr da?“, kreischte der Neuankömmling mit einer Stimme, die Hamid seit seiner Schulzeit täglich zu hören bekommen hatte. „Was fällt euch ein!“

Das war alles, was Rektor Whiner herausbrachte, bevor das Brummen der Endermen seinen kahlen Schädel in Besitz nahm. Er brach in seiner Lore zusammen und begrub seinen Kopf in den Händen, als fürchtete er, dass er explodieren könnte.

„Er“.

„Wo warst du?“

„Du bist nicht gekommen.“

„Ich habe es versucht“, jammerte Whiner. Seine zitternde Hand zeigte auf Hamid. „Er hat mich aufgehalten.“

Die Endermen stocherten mit ihren langen Armen nach Whiner.

„Nicht hier."

„Weg."

„Verloren?"

„Gestohlen."

Das Brummen dröhnte so laut, dass Hamid fürchtete, sein Kopf würde zerplatzen. Plötzlich hörte es auf.

Es wurde still um sie herum. Die Endermen hatten ihre Suche eingestellt und standen völlig ruhig da wie Roboter, die auf ihren nächsten Befehl warteten.

Entsetzen packte Hamid. Absolute Stille und Dunkelheit. Leer und doch voller Todesahnung. Er wünschte sich das Brummen zurück, um die Leere, die sie alle erfasst hatte, zu vertreiben. Die Luft kühlte sich ab, als hätte sich eine Tür im Winter geöffnet. Die Endermen brummten einstimmig:

„Er kommt."

Whiner krabbelte aus der Ecke seiner Lore und erinnerte Hamid an eine Spinne, die panikartig einem Ausguss zu entfliehen versucht.

„Das ist nicht meine Schuld", stöhnte er mit vor Angst aufgerissenen Augen. „Du muss es ihm sagen. Es war nicht meine Schuld!"

Die eisige Kälte zog in Hamids Knochen. In der roten Dunkelheit des Nether erstrahlte ein Licht in der Ferne. Das Licht war kalt und tot, und es kam näher.

Das Licht wurde zu Augen, zu zwei glühenden Augen, so groß wie der Himmel. Es waren die Augen desjenigen, der die Endermen beherrschte, der auf der Jagd nach dem Seed war und der alles zerstören würde, um ihn zu bekommen.

Herobrine war angekommen.

Alles um sie herum wurde dunkel.

Kapitel 13

Das hast du gut gemacht.

Ant sonnte sich im Lob seines Meisters.

Der Hinterhalt hatte hervorragend geklappt. Diese dummen Schweinezombies waren wie geplant in seine Falle getappt.

Beinahe jedoch hätten Hamid und seine Freunde alles verdorben. Ihre kleine TNT-Überraschung hatte ihn viele Soldaten gekostet, aber ein paar Explosionen konnten ihm nicht zum Verhängnis werden.

Er hatte sein Ziel erreicht. Der Seed war in seinem Besitz, und nebenbei hatte er noch eine ganze Armee Schweinezombies gefangen, die in den Kerkern unter der Schwarzen Festung verrotten würden. Den Seed allerdings musste er aus der Hand geben.

Bring ihn näher.

Ant trat auf die Empore. Er hielt den Seed vor sich, bereit, ihn dem Meister anzubieten.

Der Würfel aus giftigem Schleim bebte, als der Seed näher kam. Eine Welle der Vorfreude breitete sich auf seiner grünen Oberfläche aus. Das jahrelange Warten war endlich zu Ende. Bald würde er den Schlüssel zu seiner Freiheit besitzen und damit die Macht, sich auch jenseits dieses verfluchten Feuerreichs auszubreiten.

Näher.

Ant hielt den Seed näher an die dicke Membran des Schleims.

Noch näher.

Er drückte den Seed nun fest gegen den Schleim. Die dickflüssige Masse legte sich langsam über den Seed wie jemand, der einen Rettungsring ergreift. Dann begann der Schleim ihn einzuziehen. Klebrige Ranken überzogen den Seed, hafteten, saugten und zogen ihn immer tiefer in sich hinein. Ant ließ den Seed los und beobachtete, wie das Monster den Seed Stück für Stück in sich aufnahm.

Bald schwamm der Seed vollständig im Körper des Alphaschleims wie ein kleines Spielzeug in einer Marmelade. Der Zahlenfluss aus dem Seed strömte weiter. Im luftleeren Körper des Schleims schwebten sie jedoch nicht davon und verschwanden, sondern klebten im Monster fest wie an Teer. Sofort begannen Enzyme mit ihrer Arbeit, verschlangen die Zahlenreihen und nahmen ihre Energie auf, so schnell wie der Seed sie produzieren konnte. Mit jeder verzehrten Zahl spürte Ant, wie die Macht seines Meisters wuchs. Es fühlte sich gut an, aber Ants Arbeit war noch nicht beendet.

Dunkle Mächte verschwören sich gegen uns. Sie wollen uns wegnehmen, was wir gewonnen haben.

„Sag mir, was ich tun soll."

Erneut spürte sich Ant von einer äußeren Macht getrieben. Er verließ die Kommandozentrale des Meisters und ging zu den Festungsmauern. Lohen patrouillierten entlang der langen Mauer, bereit, Feuerbälle auf den Lavasee unter sich regnen zu lassen. An der Längsseite der feurigen Wachtposten beobachteten schwarzknochige Witherskelette die entfernte Küste und warteten auf die heraufziehende Schlacht.

Eine Armee versammelte sich am anderen Ufer des Sees, hochgewachsenes, violettäugiges Gesindel aus einer anderen Welt, geschickt vom Meister des Chaos. Auch er wollte den Seed. Wie alle anderen mussten auch diese Endermen Ant besiegen, um den Seed zu bekommen. Diese Schlacht würden sie allerdings verlieren. Hinter den mächtigen Mauern der Netherfestung hatten Ant und seine Armee kaum etwas zu befürchten von dieser Schar langarmiger Gestalten, die sich am fernen Ufer zusammenrottete. Die Endermen konnten sich nicht über den See teleportieren und die Mauern der Schwarzen Festung durchbrechen. Dennoch testeten gerade ein paar Dummköpfe die Reichweite ihrer Teleportation. Hier und da verschwanden Endermen, um bald darauf mitten im Lavasee aufzutauchen und dort in den feurigen Wellen unterzugehen. Ant war gespannt, wie lange es wohl dauern würde, bis diese hirnlosen Kreaturen bemerkten, wie vergeblich ihr Ansturm war.

Es gibt Ärger vor den Mauern dieser Festung. Ein neuer Feind nähert sich.

Die Worte des Alphaschleims rissen Ant aus seinen Schlachtenträumereien. Ein anderer Gegner. Ein Zweifrontenkrieg. Er liebte den Klang dieser Worte.

Ein neuer Feind erfordert eine neue Waffe. Erschaffe diese Waffe.

Ein begieriges Grinsen macht sich auf Ants Gesicht breit.

„Lenke mein Hand."

Er ging zur höchsten Festungsmauer. Sie verlief in einem weiten Bogen und war ideal geeignet für seine Aufgabe. Ein Block Seelensand erschien in seiner Hand. Er wusste nicht, woher er kam, aber das interessierte ihn auch nicht. Er wusste nur, dass ein schreckliches Chaos nach Freiheit schrie. Der Meister führte seine Hand, als er den Seelensand platzierte. Drei Blöcke waren jeweils übereinander gestapelt, ein weiterer links und einer rechts davon. Ant wandte sich den drei Gegenständen zu, von denen er wusste, dass sie am Boden auf ihn warteten.

Diese drei opfern sich für unseren großen Sieg.

Ant hob den ersten Schädel auf. Die leeren Augenhöhlen starrten ihn an. Er platzierte den Schädel auf dem Seelensand. Der zweite Totenkopf folgte. Den dritten hielt er noch in der Hand.

Zögere nicht, mein General. Unsere neue Waffe wartet.

Ant wusste, dass er mit dem dritten Schädel etwas Teuflisches entfesseln würde. Er wusste um das Chaos, dass es verbreiten würde. Er zögerte – nicht, weil er Zweifel hatte, sondern nur, um diesen Moment zu genießen. Diesen Augenblick würde er nie mehr vergessen. Ein neues Chaos in diesem Feuerreich wurde geboren. Ant platzierte den dritten Schädel.

Der Seelensand erbebte. Die Augen eines jeden Totenkopfes blitzten auf, als trügen sie sämtliche Flammen des Nether in sich. Ein Aufschrei überquerte die Festungsmauern, zog sich über den Lavasee und erreichte die gegenüberliegende Küste.

Die drei Totenköpfe verbanden sich mit einem gliederlosen Knochenkörper, wurden lebendig, flogen über den Lavasee und verbreiteten die Vorahnung der Zerstörung. Der Nether war nicht mehr derselbe.

Der Wither war erwacht.

Kapitel 14

Der auf dem Tisch ausgebreitete Bauplan bestand aus einem wilden Durcheinander sich kreuzender Linien.

Jaina folgte mit ihrem Finger einer der Linien, verlor aber nach einigen Kurven und Wendungen den Faden.

„All diese Tunnel befinden sich unter dem Nether?“

Phisa studierte die Karte aufmerksam.

„Ja“, erwiderte er. „Einer von ihnen wird uns dorthin bringen, wo wir hin möchten.“

„Ich glaube nicht, dass ich wirklich in die Schwarze Festung möchte.“

Er zuckte mit den Achseln. „Dann sage ich eben: wo wir hin müssen.“

Mit einem weiteren Stapel Papiere kam Bano aus dem Hinterzimmer.

„Wir mussten nie dringender in diese Festung als jetzt.“ Er legte den Stapel auf den schon mit Papieren überfüllten Tisch in ihrer kleinen Nische. „Das ist der Rest aus deinem Zimmer.“

„Und das noch.“ Gonquin trat an den Tisch und legte noch ein Bündel zusammengerollter Karten dazu. Er sah sich kurz mit seinen leblosen Zombieaugen im Café um. „Wieso gibt es eigentlich in einem Restaurant so viele alte Karten und Bücher?“

„Bücher gehören an jeden Ort, mein lieber Schweinekamerad“, sagte Phisa, ohne von den Plänen aufzublicken.

„Das ist eine gute Frage, Phisa“, beharrte Jaina. „Dieser Ort hier ist mehr als nur ein Schleimshakelokal, oder?“

Phisa blickte auf und schaute Bano kurz an. Bano nickte ihm kaum merklich zu. Daraufhin stand Phisa auf, stützte sich mit beiden Händen auf den Papieren ab und holte tief Luft.

„Der Nether war nicht immer ein mit Lava bedecktes Ödland. Es war einmal fruchtbar und reich an Mineralien und Rohstoffen. Bergleute aus der Oberwelt kamen hierher und gruben tief im Boden nach seltenen Edelsteinen und Erzen. Nach der harten Tagesarbeit kamen sie hierhin, um ein wenig zu feiern.“

„Was ist passiert? Wo sind sie jetzt?“, fragte Jaina.

„Die Schwarze Festung ist passiert“, antwortete Phisa. „Sie drückte sich aus den Wänden des Nether, zerstörte die Tunnel und begrub die Minen. Aber das war nicht alles."

„Drücken?", fragte Jaina. „Was meinst du damit?"

Bano räusperte sich. „Die Schwarze Festung ist eine typische Netherfestung. Sie haben sich im ganzen Nether ausgebreitet.

„Wer hat sie gebaut?"

„Niemand. Sie sind einfach aus dem Felsen gewachsen", fügte Gonquin hinzu. „Meine Leute kennen noch viele Geschichten aus der Zeit, als sie hier auftauchten."

„Einfach gewachsen? Wie ein Baum?"

„Ja, genau wie ein Baum. Sie haben sich durch die Felsen gedrückt und alles zerstört, was ihnen im Weg stand."

„Auch die vielen Stollen und Tunnel, die die Bergleute gegraben hatten." Phisa blickte ernst. „Mit den Festungen kamen auch die Lohen. Sie wollten nicht, dass die Rohstoffe des Nether abgebaut wurden. Sie haben jeden Bergmann, den sie trafen, angegriffen."

„Die Bergleute wehrten sich, hatten aber letztlich keine Chance", erklärte Bano. „Bald hatte der letzte Bergmann den Nether verlassen."

„Während all dieser Wirren sind die meisten Bergbaupläne vernichtet worden. Diese Karten und Pläne sind die einzigen, die ich retten konnte."

„Meine Leute haben sich an dieser Zerstörung beteiligt.“ Gonquin blickte wie gebannt auf den Tisch. „Wir haben uns mit den Lohen verbündet und die Bergleute verjagt. Darauf bin ich wirklich nicht stolz.“

Bano griff die Worte des Schweinezombies auf.

„Das ist lange Zeit und viele Generationen her“, sagte er und wandte sich Jaina zu. „Das Leben eines Schweinezombies ist sehr viel kürzer als das eines Oberweltlers. Gonquin war noch nicht geboren, als diese Kriege stattfanden. Übrigens lebten durch diese Allianz Schweinezombies und Lohen friedlich nebeneinander.“

Bano nickte. „Allmählich hat der Netherrack fast alle Spuren der Bergleute verwischt.“

„Mit Ausnahme der Tunnel unter uns.“ Phisa grinste. „Einige sind nicht eingestürzt und dürften noch benutzbar sein.“

„Glaubst du denn, wir finden einen Tunnel, der in die Nähe der Festung führt?“, fragte Jaina ein wenig skeptisch.

„Wir müssen nur lange und sorgfältig genug danach suchen.“ Phisa gab Bano und Gonquin je eine Kartenrolle. „Also los, macht euch an die Arbeit und meldet euch, wenn ihr etwas Vielversprechendes entdeckt habt.“ Er sah zu Jaina herüber, die an der Tür stand. „Willst du uns denn nicht dabei helfen?“

„Was ist das?“ Sie deutete auf ein langes Regal an der Wand über den Tischen. Hier standen einige Bilderrahmen mit Fotos von Gästen und Partys vergangener Tage.

„Das sind nur Erinnerungen an die schönen Zeiten hier an diesem Ort.“

„Ich meine nicht die Fotos.“ Jaina schob einen Stuhl quer durch das Café, hüpfte darauf und konnte so das Regal erreichen. Sie zog einen kleinen blauen Glaswürfel heraus. Er war völlig verstaubt. „Was ist das hier?“

Phisas Augen leuchteten auf. „Ach ja, das ist mein Schleimshake-des-Jahres-Preis! Die Vereinigung der Nethercafébesitzer hat ihn mir vor ein paar Jahren verliehen.“

„Damals, als der Nether noch voller Edelsteine und Erze war?“ Jaina sprang von ihrem Stuhl herunter.

„Damals, in den guten alten Zeiten“, sagte Phisa sichtlich berührt. „Man brauchte nur die Spitzhacke anzufassen, und schon stolperte man über Smaragde oder Gold.“

Jaina wischte mit ihrem Ärmel den Staub von der Auszeichnung. Der Würfel blinkte leuchtend blau.

Sie lächelte.

„Oder über Echte Diamanten.“

Zehn Minuten später saß Jaina an Phisas Schreibtisch in dem kleinen Hinterzimmer des Cafés. Der Befehlsblock stand auf dem Tisch. Der Schleim-Shake-des-Jahres-Preis war mit dem Block verbunden. Ein sanftes blaues Licht strahlte aus dem Inneren des kleinen Kristallwürfels.

Er hatte jahrelang unter einer dicken Staubschicht gelegen, aber Jaina hatte ihn sofort als einen Echten Diamanten erkannt, aus dem auch ihr gestohlenes Schwert gewesen war. Nun brauchte sie ihr Diamantschwert nicht mehr.

Die Tür hinter ihr wurde geöffnet. Bano trat in das kleine Zimmer.

„Klappt es?"

„Es klappt!" Sie wies mit ihrem Arm auf das Gemälde an der Wand über dem Schreibtisch. Es war eigentlich kein richtiges Gemälde. Mit Ausnahme einiger glühender Linien, die quer über das Rechteck liefen, war es völlig schwarz.

„Ich brauchte nur einen Bildschirm. Irgendetwas, mit dem ich sehen kann."

„Was sehen?" Bano sah sich das Gemälde näher an. Die Linien bestanden tatsächlich aus Zahlen und Buchstaben.

„Was schreibst du denn da?"

„Computercodes." Jaina lächelte. Sie legte ihre Arme auf den Befehlsblock und blickte konzentriert auf das Gemälde an der Wand. Während sie sprach, erschienen immer mehr Wörter auf dem schwarzen Gemälde. „Der Befehlsblock ist im Spiel wie ein Computer. Das Gemälde ist der Bildschirm, ähnlich einem Fernseher. Ich kann hier Befehle direkt in den Server eingeben."

„Diese Befehle erscheinen dann auf diesem Gemälde. Das ist genial." Bano trat näher heran und studierte den Befehlsblock, als handele es sich um eine neue Spezies. Seine Augen fielen auf den blauen, angedockten Würfel.

Ein breites Lächeln erschien auf seinem Gesicht. „Phisas Ehrenpreis ist die Energiequelle."

„Er ist aus einem Echten Diamanten geschnitten worden wie unsere Diamantschwerter." Jaina blickte Bano an. „Hattest du nicht gesagt, unsere Schwerter seien die einzigen Echten Diamanten auf dem Server?"

„Da lag ich wohl falsch. Als Phisa damals das Café eröffnete, gab es viel mehr davon. Dann kamen die Lohen und die Netherfestungen, und die Echten Diamanten wurden verwendet, um unsere Waffen zu verstärken. Man hat geglaubt, es gäbe keine mehr."

„Was für ein Glück, dass Phisas Schleimshakes so lecker sind."

Jaina widmete sich wieder dem Befehlsblock. Weitere Zahlen und Wörter erschienen auf dem Bildschirm.

„Sein Echter-Diamanten-Schleimshake-Preis eignet sich hervorragend für das, was ich vorhabe."

„Und was genau hast du vor?"

„Ich will Kontakt nach Hause aufnehmen."

„Nach Hause? Du meinst zu eurer Welt?" Der Dorfbewohner zog die Augenbrauen zusammen, runzelte die Stirn und starrte neugierig auf das Gemälde. „Das soll funktionieren?"

„Wir finden es gerade heraus." Jaina hielt ihren Arm knapp über den Befehlsblock.

„Fertig?"

Bano nickte. Jaina ließ ihren Arm zurück auf den Block sinken und gab den Code ein. Auf dem schwarzen Gemälde entstand ein Bild. Es zeigte einen Raum mit Regalen und einen fleckigen Teppich von der Farbe ausgelaufener Suppe. Auf den Regalen standen schmale, farbige Streifen.

Das Bild wurde schärfer. „Sind das Bücher?" fragte Bano.

Jainas Herz raste bei diesem Anblick.

„Bücher und der Geschichtsteppich", seufzte sie.

„Was ist das für ein Ort?"

„Meine Schulbibliothek." Eine Gruppe kleiner Kinder saß auf dem Teppich. Ein vergnügt aussehender Mann saß in einem Schaukelstuhl und zeigte ihnen die farbenfrohen Seiten eines Bilderbuchs. „Mr. Rodinaldo! Er liest den Grundschulkindern eine Geschichte vor." Jaina führte ein Tänzchen auf ihrem Stuhl auf. Sie hatte den Kontakt zur echten Welt tatsächlich hergestellt.

„Nach dem Blickwinkel zu urteilen, mit dem wir Mr. R. und die Kinder sehen, blicken wir aus einem der Computer in der Bibliothek. Wenn ich nur zu ihm sprechen könnte. Er würde wissen, was zu tun ist."

Wenn irgendjemand in der echten Welt ihnen helfen könnte, wäre es Mr. Rodinaldo. Er hatte schließlich ihren Minecraftclub gegründet und war auch dabei gewesen, als Bano ihnen die Diamantschwerter gegeben hatte, die sie in diese Welt geführt hatten. Er war der Schlüssel, mit dem sie hier wieder herauskamen. Jaina tippte hektisch in den Befehlsblock.

„Wir haben nicht mehr viel Zeit. Diese Verbindung wird die Schulcomputer durchbrennen lassen. Sie werden in ein paar Minuten überhitzen. Ich habe nur diese eine Chance."

Bano schaute besorgt. „Was willst du denn tun?“
„Verstärkung rufen.“

* * *

Die Glocke der North Gray Elementary läutete zum Mittagessen.

Die hungrigen Grundschulkinder sprangen vom Geschichtsteppich auf und liefen zu ihrer Lehrerin, die schon an der Tür zur Bibliothek auf sie wartete. Sie leitete die kleine, wilde Horde aus dem Leseraum, wie eine Elefantenkuh, die vorsichtig Gummibälle mit einem Teelöffel balanciert. Mr. Rodinaldo ging hinter der Gruppe her und sammelte die Nachzügler ein. Als er die Tür zur Bibliothek schloss und zum Lehrerzimmer ging, schenkte er dem Computer in seinem Rücken keine Beachtung.

Das Gerät erwachte zum Leben. Der von einer fremden Hand ferngesteuerte Cursor tanzte über den Bildschirm. Der Computer war seit dem Vorfall vor zwei Wochen nicht mehr in Betrieb gewesen. Jetzt summte er mit ferner Energie.

Die Fernsteuerhand vergrößerte die Eingabeaufforderung auf die Größe des gesamten Bildschirms, ein schwarzes Bild mit einer grün aufblinkenden Linie.

Wie ein Hund, der seinem eigenen Schwanz nachjagt, lief eine Textzeile stetig in einer Schleife über den Monitor. Es war nur eine einzige Nachricht, ein Hilfeschrei und ein Versprechen.

NICHT AUSSCHALTEN! WIR KOMMEN ZURÜCK.
NICHT AUSSCHALTEN! WIR KOMMEN ZURÜCK.
NICHT AUSSCHALTEN! WIR KOMMEN ZURÜCK.

Kapitel 15

Mit dem bitteren Geschmack von Netherrack im Mund wachte Hamid auf.

Er spuckte den Staub angeekelt aus und quälte sich auf die Beine. Sein ganzer Körper schmerzte wie nach einer Doppelstunde Sport. Alles um ihn herum verschwamm in einem dunklen Rot. Er rieb sich die Augen, um klarer zu sehen.

Nicht weit von ihm lag Rektor Whiners blockiger Körper. Hamid stieß ihn mit dem Fuß an.

„Aufwachen!"

Whiner stöhnte auf. „Noch fünf Minuten."

„Keine Minute länger!" Hamid gab dem alten Mann noch einen Schubs. „Stehen Sie auf. Sie sind mir ein paar Erklärungen schuldig."

Die Erinnerungen kehrten zurück und sein Kopf wurde wieder klar. Sie waren definitiv noch im Nether. Die Hitze und die endlosen roten Felsen ließen keinen anderen Schluss zu. Glowstoneklumpen sprenkelten die Decke über ihm, so weit er sehen konnte. In der

Nähe führte eine Schiene ins Nirgendwo. Keine Spur von einer Lore und gähnende Leere in seinem Inventar. Das war nicht gut. Keine Spur von den Endermen oder dem furchterregenden Anblick von Herobrine. Das war gut.

Er dachte an das plötzlich erschienene Gesicht, und sein Herz begann zu rasen. War das wirklich Herobrine, die absolute Macht der Dunkelheit in Minecraft? Wohin war er verschwunden? Wo waren all die Endermen? Beim Gedanken an die purpuräugigen Felsendiebe wandte er sich wieder dem Rektor zu.

„Die wussten, wer Sie sind. Diese Endermen haben Sie gesucht. Sie waren überhaupt nicht an mir interessiert!“

Whiner richtete sich langsam auf.

„Kann ich etwas dafür?“

„Verkaufen Sie mich nicht für blöd!“ Hamid trat näher an den Rektor heran, der sich in seiner vollen Größe vor ihm aufbaute.

„Du klingst wie ein Lehrer.“ Whiners kalte Augen fixierten Hamid. „Ich würde dir raten, dich ein wenig zu beruhigen. Du möchtest doch sicher nicht die Aufmerksamkeit weiterer Besucher auf dich ziehen.“

Hamid erwiderte seinen Blick. „Die Endermen sind aus irgendeinem Grund sauer auf Sie, nicht wahr?“

„Deine Fantasie geht mit dir durch.“ Whiner seufzte. „Du warst wohl zu lange in diesem Spiel hier. Dein Gehirn ist allmählich zu einem Block geworden.“

„Sie sind nicht gekommen“, beharrte Hamid.

„Wie bitte?“

„Das haben die Endermen zu Ihnen gesagt.“ Hamid überdachte die seltsame Szene noch einmal. „Sie sagten: Du bist nicht gekommen. Was haben sie damit gemeint?“

„Ich habe keine Ahnung“, schnauzte Whiner zurück.

„Das glaube ich nicht.“ Hamid machte noch einen Schritt auf Whiner zu. Schweißperlen bildeten sich auf dem kahlen Quadratschädel des Mannes, und panische Angst spiegelte sich in seinem Gesicht. Hamid hatte diesen Blick schon einmal gesehen. „Der Hügel vor der Lagerhalle, jetzt erinnere ich mich! Sie haben sich weggeschlichen, aber wir haben Sie aufgehalten. Sie wollten zu den Endermen.“

„Na gut, großer Detektiv“, schnaubte Whiner. „Ja, ich wollte gerade zu ihnen, als du und deine Pippi Langstrumpf mich aufgehalten habt.“

„Sie heißt Jaina.“ Schnell verscheuchte er den Gedanken an seine Freundin. Er konnte nur hoffen, dass sie bei Bano und Phisa in Sicherheit war. Er hatte genug damit zu tun, mit seinem doppelzüngigen Rektor mitten im Niemandsland festzusitzen. Whiners Geständnis hatte mehr Fragen aufgeworfen als Antworten gegeben. „Sie haben die ganze Zeit mit Herobrine in Verbindung gestanden, nicht wahr? Eine so mächtige Kreatur wird ja wohl in der Lage sein, mit jemandem zu kommunizieren, der willig ist oder dumm genug, es zu tun."

Whiner strich sein zerknittertes und staubiges Sakko glatt.

„Er versprach mir, mich aus dieser Welt aus Feuer zu befreien."

„Dafür wollte er nur den Seed."

„Genau!", zischte Whiner. „Die Endermen waren hier, um mich zu diesem Herobrine-Typen zu bringen. Ich gebe ihm den Seed, er zerstört Minecraft, und mein Albtraum ist zu Ende. So einfach ist das."

„*Ihr* Albtraum?" Hamid wurde wütend. „Sind Sie allein hier? Glauben Sie etwa, ich will nicht nach Hause? Und was ist mit Jaina? Denken Sie, sie ist glücklich darüber, von ihrer Familie getrennt zu sein? Und Ant? Na gut, ich weiß im Moment nicht viel über ihn. Er scheint es momentan ja zu genießen, böse zu sein."

Whiner erinnerte sich schmerzlich an seine letzte Begegnung mit Ant und legte seine Hand an seinen Brustkorb.

„Er spielt seine teuflische Rolle ziemlich gut."

„Das tun Sie auch", erwiderte Hamid.

„Ich? Wovon redest du?"

„Sie wollen mich wohl auf den Arm nehmen! Sie befinden sich im Darth-Vader-Modus, seitdem wir hier sind. Was ist eigentlich Ihr Problem? Warum hassen Sie dieses Spiel so sehr?"

Whiners Augen wurden zu Schlitzen. „Ach je, sollen wir beide uns jetzt eine Tasse heiße Schokolade gönnen und mal offen über alles reden?" Er trat näher an Hamid heran und überragte ihn. „Vergiss es. Niemals!"

„Sie haben Angst", sagte Hamid. „Sie handeln knallhart, aber in Ihrem Gesicht sieht man nichts als Angst. Sie fürchten sich tatsächlich vor Minecraft, vor jedem Computerspiel und vor allem vor den vielen jungen Leuten, die sie spielen."

Whiner ging einen Schritt zurück, ließ Hamid aber nicht aus den Augen.

„Das stimmt nicht", rief er nach einigem Zögern. „All diese Gadgets und Technikwunder. Die jungen Kinder glotzen auf den Bildschirm und nehmen die Welt um sich herum gar nicht mehr wahr. Es gibt keine Kontrolle mehr. Keine Ordnung. Nur Chaos und Respektlosigkeit".

Hamid rollte mit den Augen. „Sagen Sie mir bloß nicht, dass allein die Computerspiele daran schuld sind. Vergessen Sie nicht, Rock'n'Roll und Zuckergetränke auch mit auf ihre Liste zu nehmen."

„Du verstehst das nicht, Hamid." Whiner wandte sich ab und sah zu den fernen Feuern des Nether.

„Du kannst nicht nachvollziehen, wie es ist, jemanden an einen Bildschirm zu verlieren. Die Technik nimmt Besitz von ihnen und lässt sie nicht mehr los."

„Vielleicht wollen sie ja zurück, können es aber nicht", entgegnete Hamid. „Ich verstehe Sie sehr gut."

„Er hat gesagt, er macht das alles nur für uns", fuhr Whiner fort. Falls er Hamids Worte gehört hatte, zeigte er es nicht. „Er behauptete, an einem besseren Leben für uns zu bauen. Das sagen Eltern doch immer, oder? Tag und Nacht starrte er auf den Bildschirm, während die Welt an ihm vorüberzog."

„Mein Vater sagt das auch immer zu mir." Hamid senkte die Stimme, um den Bariton seines Vaters zu imitieren. „Die ganze Welt zieht an dir vorbei, mein Sohn, und du glotzt nur auf diesen Bildschirm."

„Sei froh, dass du deinen Vater noch hast", sagte der Schulleiter. Er blickte noch immer wie gebannt auf die brennende Landschaft um sie herum. Seine Gedanken jedoch schwebten in einer ganz andern Welt. „Mein

Vater ist gegangen. Er hat die Computer mehr geliebt als uns. Eines Tages hat er seine Bildschirme und sein besseres Leben unter den Arm genommen und uns verlassen. Meine Mutter und ich blieben mit unserem alten Leben zurück."

„Wohin ist er gegangen?"

„Einfach weg." Er klang ruhig und ein wenig entrückt. „Mehr zählt für ein Kind nicht."

Aus der Ferne durchschnitt ein schrilles Kreischen die Luft und riss Hamid aus diesen traurigen Erinnerungen.

„Ghasts!" Hamid suchte den Himmel vergeblich nach den weißen Luftschiffen ab. Ein weiteres Kreischen drang an sein Ohr. Es kam näher. „Sie kommen von dort."

„Dann sollten wir verschwinden." Whiner schaute Hamid an. Die Kälte war aus seinen Augen gewichen. „Für unser offenes Gespräch haben wir jetzt gar keine heiße Schokolade gebraucht."

Spielerisch zerzauste Whiner Hamids Haare und eilte zu den Schienen in der Nähe. Hamid beobachtete fassungslos, wie Whiner sich auf den Weg über den Netherrack machte. War der alte Griesgram etwa nett geworden? Hamid wusste nicht, ob er beruhigt oder doch eher beunruhigt sein sollte.

Immer mehr Ghasts kreischten in der Ferne. „Hört sich an, als hätte er ein paar Kameraden zusammengetrommelt“, rief Whiner von den Schienen.

„Ich schließe mich Ihrem Vorschlag zu verschwinden an“, sagte Hamid. Er überquerte die Schienen. Der von den Endermen entfernte Block fehlte immer noch da, aber in beide Richtungen waren die Schienen noch intakt. „Dieser Weg führt tiefer in den Nether.“

Whiner wies auf den Weg, den sie gekommen waren. „Hier entlang geht es zurück zu Anthony und dem Seed.“

„Dann machen wir es so.“ Hamid folgte den Gleisen, die zurück zu dem zerstörten Depot führen. „Ich denke, eine kleine Unterhaltung mit meinem besten Kumpel wäre hilfreich, damit er mit dem Seed keine Dummheiten macht.“

„Das meinst du nicht ernst, oder? Das kannst du nicht machen.“

„Ich weiß, dass Ant eine Armee von Lohen befehligt und uns töten will. Aber ich kann nicht hier herumstehen und lustiges Feuerball-Ausweichen mit den umherflatternden Ghasts spielen.“

„Nein“, sagte Whiner, „ich meinte, dass du nicht ernsthaft den ganzen Weg zu Fuß gehen willst.“

„Was soll ich sonst tun? Ich habe keine Loren.“

„Aber ich!“ Ein vertrautes Metallteil erschien in Whiners Hand. Er stellte zwei Loren auf die Schienen und lächelte Hamid an. „Lass uns fahren.“

Kapitel 16

Erschöpft ließ Jaina die Spitzhacke fallen.

„Wir sind durch!“ rief sie über die Schulter.

Das Jubeln ihrer Freunde war auch noch vom anderen Tunnelende zu hören. Sie alle hatten so lange auf den Netherrack eingeschlagen, wie Jaina es niemals für möglich gehalten hätte. Ihr ganzer Körper schmerzte. Stunde um Stunde hatten sie unter dem Nether gegraben. Zum ersten Mal lag nun kein weiterer Block mehr vor ihnen, sie blickten in die Dunkelheit. Zufrieden betrachtete Jaina die vor ihr liegende tiefschwarze Höhle.

Im Café hatten Phisa und Gonquin so lange in den Plänen über den Nether gewühlt, bis sie ein Tunnelsystem entdeckt hatten, dass direkt unter die Schwarze Festung führte. Die Netherfestung hatte sich vor langer Zeit aus den steilen Felswänden herausgedrückt und die Tunnelgänge verschüttet. Aber vielleicht war ja einer davon nach all den Jahren noch nicht vollständig eingebrochen. Darauf setzten sie ihre Hoffnung.

Es war ihre einzige Chance, Ant zu retten, den Seed zurückzugewinnen und endlich dem Nether zu entkommen. Sie liefen so lange durch den Nether, bis sie auf einen ziemlich unauffälligen Netherrackhügel trafen. Phisa hatte diesen Ort auf seiner Karte markiert und sie begannen dort zu graben.

Erst gruben sie senkrecht in die Erde, sodass die Öffnung nicht mehr Licht verstrahlte als ein Glühwürmchen. Dann wechselten sie die Richtung und buddelten seitwärts weiter. Phisa versicherte immer wieder, dass sie auf dem richtigen Weg waren, als sie Block für Block einen langen Tunnel aushoben.

Jetzt mündete der Tunnel in eine Höhle, in eine sehr dunkle Höhle.

Jaina steckte ihren Kopf durch die Öffnung und platzierte eine Fackel an der Wand. Das kleine Licht erhellte den Raum und ließ eine Grotte erkennen, die sich in die Dunkelheit erstreckte. Sie kletterte durch die Öffnung. Bones sprang hinterher und nieste in der staubigen Luft. Gonquin und die anderen folgten ihnen in die Höhle.

Spinnenweben hingen an den Wänden und eine dicke Staubschicht überzog den Boden. Eine vor sich hin rostende Schiene verlief quer durch die Höhle und verlor sich in beide Richtungen im Dunkeln. Bones schmiegte sich winselnd an Jainas Beine.

„Du musst keine Angst haben, kleiner Freund“, beruhigte sie ihn und streichelte sein Fell. „Ich glaube, hier sind wir sicher.“

Gonquins Schnauze zuckte, als er die Luft einatmete.

„Dieser Ort ist alt“, sagte er. „Sehr alt.“

„Allerdings.“ Bano strich mit seiner Hand über die Netherrackwand. „Diese Steine wurden behauen, lange bevor die Schwarze Festung erschien oder euer Dorf gebaut wurde.“

Phisa stand neben den Gleisen und studierte die Pläne in seinen Händen. Jaina schaute ihm über die Schulter zu, konnte sich aber nach wie vor keinen Reim aus den Zickzacklinien machen.

„Sind wir hier richtig?“, fragte sie.

„Ich denke ja“, erwiderte Phisa nach kurzer Überlegung. „Wenn meine Vermutung stimmt, führen diese Gleise direkt in die Schwarze Festung.“

„Deine Vermutung?“ Ihr Magen drehte sich um. „Hamid ist verschollen, Ant ist einen Schleimspritzer davon entfernt, diesen Server zu zerstören, und wir laufen diesen Weg nur auf deine Vermutung hin?“

„Mehr kann ich leider nicht machen“, sagte Phisa.

„Mir gefällt das immer noch nicht. Außerdem denke ich immer noch, dass ihr mit uns gehen solltet."

„Wir haben das doch schon besprochen." Banos ruhige Stimme erklang in der Dunkelheit. „Phisa und ich müssen in die Oberwelt zurück und das Dorf der Wächter warnen."

Jaina stellte sich vor Bano auf. „Was sollen sie denn dann tun? Noch paar Kinder in diese Welt zerren, die euer Chaos in Ordnung bringen sollen?"

„Du bist zu Recht verärgert. Als ich euch auf diesen Seedserver brachte, habe ich unsere Schwierigkeiten unterschätzt. Es war falsch von uns, euch die Lösung unserer Probleme zuzumuten. Nun ist es an der Zeit, dass die Ältesten ihre kleinen Streitigkeiten beilegen und zu handeln beginnen. Wenn sich alle Dorfbewohner der Oberwelt vereinen, haben wir vielleicht eine Chance, Herobrine aufzuhalten."

„Du glaubst, du kannst sie überzeugen?"

„Mit Phisas Unterstützung könnte es gelingen", hoffte Bano. „Außerdem könnt ihr nur allein die Schwarze Festung unbemerkt erreichen."

„Wenn wir mitkämen, würden wir dich nur unnötig in Gefahr bringen", pflichtete Phisa bei.

„Phisa und ich gehören schon so lange zu dieser Welt wie der Alphaschleim. Wir drei sind in gewisser

Weise verbunden. Wenn wir mit dir gingen, würde uns der Schleim bemerken, noch bevor wir auch nur in der Nähe der Festung wären."

„Das würde uns den Überraschungseffekt kosten", seufzte Jaina. Sie hatten das alles schon in Phisas Café durchgesprochen. Die doppelte Portion Schleimshakes hatte ihr damals diese Idee nicht schmackhaft machen können und auch jetzt fand sie daran noch keinen Gefallen. Aber sie hatte keine Wahl. Sie atmete tief durch, und der Knoten in ihrem Magen löste sich. „Es tut mir leid, dass ich euch angeblafft habe. Ich glaube, ich fühle mich einfach nur überfordert."

„Das ist verständlich". Bano trat neben sie. „Du hast nicht um diese Verantwortung gebeten. Du bist weit weg von deiner Heimat, deiner Familie und hast deinen besten Freund, zumindest vorläufig, aus den Augen verloren."

Die Erwähnung ihrer Familie versetzte Jaina erneut in Angst und Schrecken. Während der langen Märsche, dem ständigen Verstecken und der brutalen Kämpfe hatte sie ihre Familie aus ihrem Denken verdrängt. Sie konnte den Gedanken nicht ertragen, ihre Schwester und ihre Mutter nie mehr wiederzusehen. So hatte sie nur noch über die Flucht aus diesem unwirtlichen Feuer- und Lavareich nachgedacht.

Eine Hand legte sich tröstend auf Jainas Schulter. Sie schaute in das vermoderte Gesicht Gonquins, dessen warme Augen große Freundschaft bekundeten.

„Ich werde an deiner Seite sein, Jaina" versprach der Schweinezombie. „Auch ich bin von meinen Freunden und meiner Familie getrennt. Zusammen werden wir zu ihnen zurückkehren."

Phisa zog ein kleines Glasfläschchen aus seinem Inventar.

„Das wird euch dabei helfen", sagte er und überreichte Jaina den Zaubertrank. „Das ist ein Gegenmittel, um Ant aus den Fesseln des Schleims zu befreien. Zerbrich das Fläschchen in seiner Nähe, sodass die Flüssigkeit über ihn spritzt. Den Rest besorgt das Gegengift. Ich habe es aus verschiedenen Schleimproben in meiner Küche zusammengemischt, kann jedoch nicht garantieren, dass es funktioniert."

„Das ist also auch nur eine Vermutung?" Jaina lächelte.

Phisa lächelte zurück. „Wir wollen es dir doch nicht zu einfach machen, oder?"

„Das würde ja den ganzen Spaß verderben." Jaina ließ den Trank in ihr Inventar gleiten. Sie wandte sich an Gonquin. „Bereit zur Abfahrt?"

Der Schweinezombie stellte zwei Loren auf die Schienen und kletterte in eine davon. Ein Schwert erschien in seiner Hand.

„Ich fahre vor und kümmere mich um eventuelle Hindernisse auf unserem Weg."

„Klingt gut." Jaina sprang in ihre Lore. Bones bellte verzweifelt und rieb sich an dem Gefährt. „Du kannst nicht mitkommen, Bones. Es ist zu gefährlich."

Bones hörte nicht auf zu bellen. Er sprang hoch und stützte sich mit den Vorderpfoten an die Kante der Lore. Mit den Hinterbeinen kratzend schob er sich an den glatten Eisenwänden hoch, bis er sich über den Rand ziehen und in Jainas Schoß springen konnte.

Bano schmunzelte. „Ich schätze, dein kleiner Freund will auch noch eine Rolle spielen. Dies hier ist auch seine Welt."

Jaina drückte ihre Nase in das Fell des Tieres. „Ich weiß, aber was ist, wenn ihm etwas zustößt?"

„Das muss er für sich entscheiden, und wie es aussieht, ist seine Entscheidung ist bereits gefallen."

„Also gut." Jaina umarmte den Hund liebevoll. „Du bleibst bei mir, aber bitte keine Heldentaten. Verstanden?"

„Na, jetzt bist du doch gar nicht mehr so allein." Bano verabschiedete sich. „Wir werden uns wiedersehen. Das weiß ich sicher."

„Ich hoffe es."

Bano gab ihren Loren einen kräftigen Schubs. Gonquin, Jaina und Bones rollten in die Dunkelheit und näherten sich mit jeder Minute der Schwarzen Festung.

* * *

Das Ungeheuer liebte die Dunkelheit.

Es war aus der Dunkelheit entstanden. Es war in der Dunkelheit gewachsen. Es jagte in der Dunkelheit, und seine Beute kam immer näher. Das Geschöpf hatte bisher keines seiner sechs Augen auf seine Opfer gerichtet. Das war auch gar nicht nötig, denn es gab eine stärkere Verbindung. Tot wie es war, konnte es noch den Gestank des Lebens riechen, des Lebens, das nicht in seine Welt des Feuers gehörte und immer näher kam.

Im Auftrag seines Meisters durchstreifte es die unteren Geschosse der Schwarzen Festung. Tief im Untergrund würde es seine Beute erwarten. *Die Lebenden sind wirklich leicht zu erlegen,* dachte das Ungeheuer. Ihre einfachen Gehirne und leuchtenden Herzen machten ihre Handlungen schon sichtbar, bevor sie sich selbst darüber im Klaren waren. Hier unten, wo die grunzenden und kreischenden Gefangenen saßen, würde seine Beute bald erscheinen.

Die Gefangenen zuckten hinter ihren Gittern zusammen, als sie die Bestie erblickten. Es war eine ganze Armee, von seinem genialen Meister in einer einzigen Schlacht besiegt. Die rosahäutigen Schweinezombies waren zwar nicht lebendig, aber sie würden die Lebenden anlocken.

Einer der Schweinezombies trat hervor. Er war schon sehr alt. Die Bestie erkannte in ihm sofort den Anführer. Sie hatten ihn mit Tamowan angesprochen.

„Lass meinen Clan in Ruhe", grunzte der alte Schweinezombie. Er wich dem Blick des dreiköpfigen Monsters nicht aus. „Du wirst nichts von uns bekommen."

Gelächter grollte tief aus den Knochen des Biestes und reihum aus seinen Köpfen. Es antwortete mit jeweils einem Schädel.

„Ihr."

„Liegt."

„Falsch."

Die Schnauze des Schweinezombieherrschers zuckte auf und ab, aber er sagte nichts.

Das Ungeheuer begann erneut zu sprechen. Dieses Mal redeten die drei Münder mit einer Stimme.

„Du wirst uns deinen Sohn geben."

Die Schweinezombies, die in einer Ecke ihres Gefängnisses ängstlich zusammenkauerten, schrien erbärmlich. Der Anführer der Schweinezombies taumelte rückwärts.

Nochmals stieß das Biest grollendes Gelächter aus und verschwand im Schatten.

Die Lebenden würden kommen, und der Wither würde sie erwarten.

Kapitel 17

„Langsamer, Hamid!"

Sogar das monotone Klirren der rasenden Lore konnte Whiners Stimme nicht übertönen.

Hamid hatte dem Rektor schon zugerufen, dass er nicht abbremsen konnte. Die Loren wurden von Antriebsschienen, die alle paar Blöcke verlegt waren, in ihrer Geschwindigkeit gehalten. Er könnte zwar aus der Lore springen, aber warum sollte er das tun? Er würde wieder im Nether feststecken, und das wollte er auf gar keinen Fall. Es gab für ihn nur eines: vorwärts. Whiner konnte folgen oder es lassen.

Hamid war nicht gerade begeistert über die Richtung, in die er raste. Es war kein gutes Zeichen, wenn der beste Plan, den er hatte, ihn zurück an den Ort führte, an dem er fast gestorben wäre, auf der Suche nach dem Objekt, das in beinahe getötet hätte. Als seine Lore über eine Anhöhe rollte, kam die Lagerhalle in Sicht. Schon bereute Hamid seine Entscheidung, hierher zurückgekehrt zu sein.

Das Depot war durch die TNT-Explosion völlig zerstört worden. Aus den Trümmern loderten Flammen. Aus der Entfernung konnte Hamid nicht ausmachen, ob es sich um Feuer oder Lohen handelte, die Ant hier zurückgelassen hatte und die ihn erwarteten.

Plötzlich schlingerte die Lore scharf nach rechts und schleuderte Hamid fast über Bord. Es gelang ihm nur knapp, in dem Eisentopf auf Rädern auf den Füßen zu bleiben. Zugleich wurde ihm klar, dass er überhaupt keine Kontrolle darüber hatte, wohin er rollte.

Die Lore bewegte sich jetzt von der Lagerhalle weg. Er hatte die Schienenkreuzung überhaupt nicht bemerkt und konnte sich auch nicht an sie erinnern, als er das erste Mal hier durchgerast war. Das war jedoch nicht überraschend, schließlich hatte er damals auch nur knapp überlebt.

Whiner war mit seiner Lore über die gleiche Weiche gerollt und folgte Hamid. Er war weiter an seinen Rektor gekettet. Hamid betrachtete mit wachsender Verzweiflung, wie er sich immer weiter von der Lagerhalle entfernte.

Die brennend rote Landschaft vor ihm öffnete sich zu einem breiten Tal. Der neue Kurs beförderte Hamids Lore hoch hinauf auf einen Bergrücken. Zur einen Seite fiel das Gelände steil auf einen Talboden ab. Die Schienen führten am Grat entlang und Hamid drohte jeden Moment, aus der Lore zu fallen. Von hier, aus der Vogelperspektive, konnte er die ganze Landschaft überblicken. Was er zu sehen bekam, gefiel ihm ganz und gar nicht.

Ein Lavafluss durchzog das Tal, walzte und blubberte einem großen, brennenden See entgegen. Der Strom drehte und schlängelte sich, als suchte er seinen Weg durch die steilen Felsen. Als Hamid oberhalb des Tals dahinraste, wurde ihm klar, dass er schon einmal hier gewesen war. Nicht weit von hier hatte er mit Jaina gestanden und Ant dabei beobachtet, wie er durch das Tal lief. Kurze Zeit später waren sie dann von den Schweinezombies gefangengenommen worden. Dieser Anblick warf alte Fragen wieder auf. Warum war Ant den Lavafluss entlanggelaufen? Wohin war sein Freund so eilig gerannt? Das Tal öffnete sich zu einem riesigen Lavasee, und Hamid hatte seine Antwort gefunden.

Auf der anderen Seite des Sees erhob sich eine Mauer aus gebrannten Ziegeln. Zinnen aus schwarzem Stein ragten auf der Mauer empor und beschützten die Truppen, die dort in Bereitschaft standen.

Hamid fröstelte beim Anblick der Schwarzen Festung.

Die gefährlich aussehende Netherfestung war die Quelle all ihrer Schwierigkeiten und der einzige Ort, zu dem Ant gegangen sein konnte. Was auch immer sich hinter ihren Mauern verbarg, hier gab es die Antworten auf all seine Fragen und hoffentlich auch den Schlüssel, um aus dem Nether herauszukommen.

Aber das, was sich außerhalb der Festung abspielte, was sich am Seeufer versammelte, erschreckte Hamid so sehr, dass er sich am liebsten zusammengerollt und für immer in seiner rumpelnden Lore versteckt hätte.

Ein mit Netherziegeln gepflasterter Weg führte am Seeufer entlang. Wellen aus geschmolzenem Gestein brandeten an die Küste. Das Ufer ähnelte dem überfüllten Strand einer Ferienanlage inmitten der Hölle. Dutzende schwarze, großgewachsene Gestalten schwirrten über den See säumenden Netherracks. Ihr elektrostatisches Knistern drang die Klippe herauf bis zu Hamid.

„Endermen", flüsterte er.

Ein Schwarm nachtschwarzer Körper umschwirrte den Strand und vergrößerte sich im Sekundentakt. Die Endermen standen so dicht, dass der Boden zu ihren Füßen kaum auszumachen war. Hamid konnte aber sehen, woher sie kamen.

Ein Quadrat mit einem tiefschwarzen Mittelteil stand auf den Netherracks. Auf jeder Seite blickten drei grüne Augen nach oben. Aus dem schwarzen Feld quoll ein stetiger Strom Endermen heraus. Hamid verlor jegliche Hoffnung.

„Ein Endportal!", stieß er aus. „Hier im Nether? Wie ist das möglich?"

Er versuchte die ausströmenden Endermen zu zählen, gab aber auf, als er im dreistelligen Bereich angelangt war. Er durfte nicht zu lange dort hinuntersehen. Wenn die Endermen merkten, dass er sie ansah, würden sie sich zu ihm teleportieren und ihn erledigen. Er musste sie unbemerkt im Auge behalten. Waren es dieselben, die ihn und Whiner aufgehalten hatten? Hamid blickte umgehend in eine andere Richtung. Sein Rektor folgte ihm in seiner Lore. Dieser Noob stand in seiner Lore und starrte die Endermen unverwandt an.

„Sie dürfen nicht von Ihnen gesehen werden!", rief Hamid so leise wie möglich.

Whiner blickte weiter auf das dichte Wirrwarr der am Strand herumsummenden und -schwirrenden Endermen. Schließlich sah einer von ihnen nach oben.

Hamid duckte sich in seinem Gefährt und verfluchte seinen Rektor. Wenn der alte Trottel sich nicht wieder hinsetzte, würden sie mit Sicherheit entdeckt werden. Seine Lore ratterte weiter über die Schiene. Noch war er von den teleportierenden Endermen nicht geortet worden. Hamid musste abwarten, was geschehen würde. Vorsichtig spähte er über die Kante der Lore. Whiner starrte noch immer auf den überfüllten Strand herunter. Ein halbes Dutzend Endermen starrte inzwischen zurück. Mit jeder Sekunde blickten immer mehr nach oben.

Sie waren so gut wie tot. Bald wäre alles vorbei. Niemand sieht einen Enderman ungestraft an. Niemand, außer Rektor Whiner.

Minutenlang beobachteten die Endermen Whiner. Ihre violetten Augen verfolgten seine dahinrollende Lore. Whiner starrte zurück wie ein Kind, das einem vorbeifahrenden Eiscremewagen hinterherblickt, während ihm das Wasser im Mund zusammenläuft. Sie hatten ihn mit Sicherheit entdeckt. Aber es geschah nichts. Sie teleportierten sich nicht herauf und fraßen sein Gehirn. Sie wandten sich ab und setzten ihr geschäftiges Treiben fort, als hätten sie ihn nie gesehen. Bevor Hamid das alles verarbeiten konnte, wurden er und seine Lore von der Dunkelheit verschluckt. Sein Herz hüpfte bis zum Hals, als die Lore wie ein Stein hinabsauste.

Einige Sekunden später tauchte Hamid aus der Dunkelheit wieder auf. Er lebte und ratterte noch immer über die Schienen. Er fuhr durch einen engen, nur einen Block breiten Tunnel. Hamid hatte überhaupt nicht bemerkt, dass die Schienen steil nach unten führten, zu sehr war er damit beschäftigt gewesen, Whiner zu beobachten. Wohin auch immer er nun rollte, er befand sich tief unterhalb des Nether. Hinter ihm kam Whiner in Sicht. Sie schienen noch immer wie aneinandergekettet.

Die Lore rollte in einen großen, sorgfältig behauenen Raum. An allen vier Wänden führten weitere Tunnel wieder hinaus. Schienen verliefen durch die Röhren ins Ungewisse. Holzstützen säumten die Wände bis zur Decke. Die meisten Träger waren beschädigt oder fehlten nach Jahren der Vernachlässigung ganz. Hamid bemerkte beim Vorbeirollen Truhen, Werkbänke und leere, verstreut herumstehende Loren.

Ganz offensichtlich handelte es sich hier um eine verlassene Mine. Er hatte jedoch noch nie von Minen im Nether gehört. Wer mochte sie angelegt haben?

Hamid konnte nicht anhalten, um es zu erfahren. Seine Lore rollte weiter durch die Mine in einen Tunnel. Rote Flüssigkeit tropfte von der Decke. Er musste jetzt genau unter dem Lavasee sein und fuhr direkt unter die Schwarze Festung.

Plötzlich wünschte sich Hamid wieder nach draußen. Lieber hätte er dort einen Endermen angestarrt.

Kapitel 18

Die Gleise endeten ohne jede Vorwarnung.

Gerade waren Jaina und Bones noch über die Schienen gerattert, nun aber prallten sie auf Gonquins Lore.

„Endstation", bemerkte Jaina.

„Scheint so." Gonquin war schon aus seiner Lore geklettert und stellte eine Fackel auf den Boden. Im Lichtschein waren schemenhafte Schatten zu erkennen.

Bones sprang aus Jainas Armen und war froh, wieder laufen zu können. Jaina stolperte aus ihrer Lore, streckte und dehnte ihre verkrampften Glieder. Sie hatte viel länger, als ihr lieb war, geduckt in ihrer Lore gehockt. Die ganze Reise war ein einziges, knochenrüttelndes Gepoltere durch die Dunkelheit gewesen. Sie hatte keine Ahnung, wie lange sie über die unterirdischen Schienen gerollt waren. Aber sie schwor sich, bei der nächsten Fahrt ein Sitzkissen mitzunehmen. Sie rieb sich die Schmerzen aus den Knochen und betrachtete ihre Umgebung.

„Der Boden besteht aus Netherziegeln“, stellte sie fest.

Im Fackelschein ließen sich ordentlich aufgereihte Ziegel erkennen. Sie unterschieden sich deutlich von dem natürlichen Netherrack, der den größten Teil der Landschaft bedeckte.

„Wir sind unter der Schwarzen Festung“, stellte Gonquin fest.

„Sollen wir uns jetzt beglückwünschen?“

Sie hatten die erste Etappe ihrer Mission erfüllt, aber Jaina war nicht nach Feiern zumute.

„Phisa hatte Recht. Die Schienen haben uns direkt unter die Festung geführt.“ Gonquin schnüffelte in der Luft. „Die Luft in den Tunneln ist ziemlich alt. Aber ich wittere irgendetwas Vertrautes.“

„Hamid?“ Jaina horchte auf. „War er hier?“

„Nein, er ist es leider nicht.“ Gonquin hob die Fackel auf und richtete sie nach vorn. Er folgte dem Licht seiner Fackel in die Schatten und beschnupperte dabei die Luft.

„Warte auf mich!“ Jaina beeilte sich, zu Gonquin aufzuschließen. Bones trottete aus ihrem Schatten und lief neben ihr her. „Bleib in der Nähe und sag mir, wenn du etwas riechst. Zwei Schnüffler sind besser als einer.“

Bones hielt die Nase nun dicht über den Boden.

Sie befanden sich in einem Tunnellabyrinth aus Netherziegeln. Alle Gänge waren mit großer Sorgfalt aus den gleichen dunkelbraunen Ziegeln errichtet worden. Jaina hatte auf Hamids Server schon mehrere Netherfestungen erkundet, aber diese sah völlig anders aus. Die Wände schienen lebendig zu sein. Die von ihrer Fackel geworfenen Schatten tanzten auf ihnen und schienen ihnen ins Ohr zu flüstern.

Gonquin führte sie an und schnüffelte herum, als wäre er ein halber Wolf geworden. Er lief ein paar Schritte, stoppte, hielt seine Nase in die Luft und änderte die Richtung. Manchmal führte seine Nase sie auch wieder ein paar Schritte zurück.

„Sollten wir nicht besser nach Treppen oder Leitern Ausschau halten?“, fragte Jaina, nachdem sie dem Schweinezombie minutenlang kreuz und quer gefolgt war. „Phisa hat schließlich gesagt, Ant wäre in den Türmen der Schwarzen Festung.“

Gonquin antwortete nicht, stattdessen lief er schnüffelnd wieder einen neuen Gang entlang.

Bones drückte sich eng an Jainas Beine und gab ein lautes Knurren von sich.

„Ich mag das auch nicht“, sagte sie. „Irgendetwas ist in unseren Schweinezombiefreund gefahren. Wir werden aber nicht herausfinden, was es ist, wenn wir hier stehenbleiben. Also ihm nach!“

So eilten sie dem umherirrenden Schweinezombie hinterher. An einer Kreuzung, an der vier Wege in verschiedene Richtungen führten, holten sie ihn ein. Bis auf einen verloren sich alle in der Dunkelheit. Der vierte Weg führte über Treppen nach oben. Gonquin stand mitten auf der Kreuzung und beschnupperte die Luft.

„Du hast ja die Treppen gefunden. Das nenne ich mal eine pfiffige Nase.“ Jaina war zufrieden.

„Ich suche nicht nach Treppen“, erwiderte Gonquin.

„Wonach suchst du denn?“

Panische Schreie drangen an ihr Ohr.

„Nach ihnen!“

Gonquin lief in die Dunkelheit, in die Richtung, aus der die Schreie kamen. Jaina war direkt hinter ihm.

Der Pfad nahm eine scharfe Kurve, bevor er in einem großen Raum mit niedriger Decke mündete. Am anderen Ende des Raums erhob sich eine Wand aus Metallstäben, die sich vom Boden bis zur Decke zogen.

„Das ist ja ein Gefängnis.“ Jaina war erstaunt.

„Sie sind ganz in der Nähe.“ Gonquin ging auf die

Gitterstäbe zu.

„Wer ist in der Nähe?“, wollte Jaina wissen und folgte ihm.

Das Gitter verlief über die gesamte Breite des Raums und bildete eine einzige, große Gefängniszelle. Rosafarbene Gestalten liefen darin auf und ab.

„Vater!“, schrie Gonquin.

„Gonquin? Bist du das, mein Sohn?“, flüsterte eine Stimme von jenseits der Gitterstäbe. König Tamowan trat an die Stangen. Die Augen des alten Schweinezombies weiteten sich beim Anblick seines Sohnes.

„Du lebst!“

„Du auch“, rief Gonquin. Hinter König Tamowan näherten sich weitere Schweinezombies. „Und auch der Rest unserer Armee!“

Die Schweinezombiesoldaten versammelten sich an den Gitterstäben und grunzten vor Aufregung beim Anblick ihres verloren geglaubten Prinzen. König Tamowan ließ seinen Kopf hängen.

„Dieser Fremde in der Diamantrüstung hat uns eingekerkert, damit wir hier unten elendig verrotten“, klagte er. „Ich habe gedacht, ich könnte mit ihm verhandeln. Ich war ein Idiot. Meine Feigheit hat uns alle in diese ausweglose Lage gebracht.“

„Noch ist es nicht vorbei, Vater.“ Gonquin rüttelte

an den Gitterstäben, aber sie ließen sich nicht bewegen. „Wir werden euch schon irgendwie hier rausholen."

„Nein!", zischte König Tamowan. Seine Stimme vernichtete allen Optimismus seines Sohnes. „Du musst sofort hier weg. Er erwartet dich schon. Er wusste, dass du kommen würdest."

Ein eisiger Luftzug kroch Jainas Nacken empor. Bones knurrte erneut und starrte aufgeregt in die Dunkelheit. Seine Rute war steif wie ein Stock. Jaina versuchte vergeblich, irgendetwas zu erkennen.

„Wir sollten besser gehen, Gonquin", flüsterte sie.

„Ich werde nicht ohne meinen Vater und meinen Stamm gehen."

Die Schweinezombies stießen schrille Angstschreie aus, bevor sie sich von den Gitterstäben zurückzogen. Eiseskälte breitete sich im Raum aus und kroch Jaina in die Knochen.

„Du musst fliehen, mein Sohn!", flehte Tamowan. Der König zog sich in die Dunkelheit zurück, bis nur noch seine Stimme zu hören war: „Flieh, bevor er wiederkommt."

„Bevor wer wiederkommt?"

„Ich!", dröhnte eine Stimme aus der Dunkelheit.

„Und ich!", fügte eine zweite hinzu.

„Und ich!", drohte eine dritte.

Drei Köpfe lösten sich aus der Dunkelheit am anderen Ende des Raums. Sechs Augen, kalt und tot, auf einem einzigen Körper aus tiefschwarzen Knochen.

„Wither!“ Jaina schnappte nach Luft. Es war kalt wie in einem Gefrierschrank. Ihr Gehirn und ihr Körper bewegten sich nur zäh wie durch Schlamm.

Der Wither schwebte genau vor dem Gang, durch den sie gekommen waren. Er hatte ihnen den Fluchtweg abgeschnitten und kam immer näher, fest entschlossen, sie zu töten. Ein vierter Schädel tauchte auf und flog auf sie zu.

„Pass auf!“ Jaina hechtete zu Gonquin.

Mit einem Sprung riss sie den Schweinezombie mit sich zu Boden. Der heranfliegende Schädel prallte dort auf die Gitterstäbe, wo die beiden noch Sekundenbruchteile vorher gestanden hatten. Die Explosion erschütterte die Stäbe. Panikschreie erfüllten die Zelle. Jaina sah Bones in die dunkelste Ecke des Gefängnisses flitzen.

Der Wither kam immer näher. Seine drei Köpfe drehten sich zu Jaina und Gonquin.

„Die“, sagte der erste.

„Jagd“, ergänzte der zweite.

„beginnt“, schloss der dritte.

„Und wir sind die Beute“, flüsterte Jaina. Die Eiseskälte, die sie ergriffen hatte, verflüchtigte sich. Ihr

Gehirn arbeitete wieder und lief heiß mit wilden Plänen und wirren Angstzuständen. Sie saßen in der Falle. Der Wither versperrte den einzigen Fluchtweg. Wenn sie dorthin liefen, würden sie von einem weiteren Schädel in die Luft gesprengt. Immer mehr Schreie drangen aus der Zelle. König Tamowan und seine Soldaten waren der Köder, dem sie blind gefolgt waren. Sie sprang auf und zog Gonquin mit sich. „Wir müssen hier raus."

„Wo sollen wir denn hin?", grunzte Gonquin.

Wieder flog ein Schädel auf sie zu. Die beiden duckten sich, um nicht getroffen zu werden. Die Explosion riss ein Loch in die Wand aus Netherziegeln hinter ihnen.

„Hier durch!"

Jaina tauchte durch das gerade herausgesprengte Loch und landete in der Finsternis. Gonquin krachte neben ihr auf den Boden.

„Sei leise, und bloß keine Fackel!", flüsterte Jaina.

Langsam gewöhnten sich ihre Augen an die Dunkelheit. Pechschwarze Gänge zeigten sich an den Wänden. Sie spürte das Verlangen, in einen der Gänge zu laufen, aber sie wagte es nicht, sich zu bewegen. Der Wither war zu nah. Durch die Öffnung sah sie das dreiköpfige Skelett an der Gefängniszelle vorbeirauschen und nach ihnen suchen.

„Vielleicht glaubt er, er hätte uns erledigt."

Jaina schüttelte den Kopf. „Dieses Ding da wird erst Ruhe geben, wenn es unsere Köpfe zu dem Trottel gebracht hat, der es erschaffen hat. Ich weiß auch schon, wer das war."

„Dein Freund Ant?"

„Er ist nicht mehr mein Freund." Jaina hielt den Trank mit dem Gegengift in die Höhe. „Jedenfalls nicht solange, bis ich ihn hiermit begossen habe."

Eine ohrenbetäubende Explosion erschütterte das Gewölbe. Netherziegel brachen aus der Wand und vergrößerten das Loch, durch das sie geflohen waren. Ein großer Teil der Decke stürzte herunter. Eine abgerissene Schiene baumelte über die Abbruchkante, die den Blick auf einen Raum über ihnen freigab.

Sechs leblose Augen erschienen in der Öffnung. Der Wither schwebte in den Raum und seine drei Augenpaare richteten sich auf Jaina und Gonquin.

Der eisige Würgegriff des Todes kehrte zurück und traf Jaina bis ins Mark.

Der Wither näherte sich bedrohlich. Seine Worte waren die Verheißung auf Zerstörung.

„Die."

„Jagd."

„Geht weiter."

Kapitel 19

Der Netherziegeltunnel zog sich in die Länge, ohne dass Hamid ein Ende sehen konnte.

Die dunklen Blöcke ersetzten jetzt den sandfarbigen Netherrack und signalisierten Hamid, dass er den Lavasee unterquert hatte. Er war endlich innerhalb der Festung. Wenn Ant hier war, würde er ihn finden. Ein paar Kopfnüsse, und sein Freund würde hoffentlich wieder zu sich kommen.

Natürlich war der Ant mit den grünen Augen und den glühenden Händen nicht sein bester Freund. Das war nicht der wirkliche Ant, das war eine besessene Version seines Kumpels. Der echte Ant war irgendwo unter dieser Diamantrüstung versteckt. Hoffentlich war es nicht zu spät, seinen Freund zu finden und wieder in den alten Besserwisser zu verwandeln.

Das Rattern von Rektor Whiners Lore hallte durch den Tunnel. Endlich hatte der Kerl aufgehört, Hamid zuzurufen, er solle langsamer fahren. Sein Schulleiter hatte nichts mehr von sich gegeben, seitdem sie die Endermen am Lavasee gesehen hatten. Vielleicht hatte er den Verstand verloren. Endermen sollen so etwas verursachen können.

Am Ende des Tunnels erschien ein kreisrundes Licht. Je näher Hamid rollte, desto größer wurde es. Er fuhr einem Raum entgegen, hatte aber absolut keine Ahnung, wer oder was ihn hier unter der Schwarzen Festung erwarten würde. Aber er würde es bald herausfinden. Mit einem Gedanken erschien sein Schwert in seiner Hand. Er hielt sich an der Lorenkante fest, um jederzeit aussteigen und untersuchen zu können, wer oder was sich in dem Raum vor ihm befand.

Hamids Lore war jetzt kurz vor dem Raum, der Lichtkreis inzwischen recht groß. Am Rande des Lichts verdrehte sich das Gleis wie ein Korkenzieher und verschwand.

Hamid erschrak. „Das ist gar kein Raum, sondern ein Loch."

Aber es war zu spät, dem Sturz zu entgehen.

Die Lore traf auf die verdrehte Schiene und flog wie aus einer Kanone geschossen durch die Luft. Der Boden raste auf ihn zu. Aber das war noch nicht alles. Irgendetwas stellte sich in seinen Weg. Irgendetwas mit drei Köpfen. Hamid machte sich auf einen sehr schmerzhaften Aufprall gefasst.

* * *

Jaina konnte die Wand in ihrem Rücken spüren. Die Kälte der Ziegel machte all ihre Hoffnungen zunichte.

Wo sollten sie hin? Überall um sie herum lagen nichts als Trümmer, die der Wither hinterlassen hatte. Ein Loch war in Wand und Decke gesprengt worden. Ein verdrehtes Gleis hing aus dem Loch in der Decke wie eine eiserne Zunge aus einem wütenden Maul. Der Wither kam näher, schwebte vor ihnen, genau unter der baumelnden Schiene.

„Es.“

„Endet.“

„Jetzt.“

Die Worte kamen aus jeweils einem Kopf des Withers. Alle sechs Augen waren auf Jaina gerichtet. Neben ihr winselte Gonquin wie ein kleines Kind in dem Bewusstsein einer kurz bevorstehenden Bestrafung. Jaina versuchte, nicht zu weinen. Sie begegnete dem Blick des Ungeheuers. Auch wenn sie hier und jetzt sterben musste, sie würde dem Tod mutig ins Gesicht sehen, auch wenn er drei Gesichter hatte.

Ein Beben ließ die Wände erzittern. Das Geräusch wurde lauter und entpuppte sich schließlich als rhythmisches Rattern, das Jaina irgendwie bekannt vorkam. Wollte der Wither die ganze Decke zum Einsturz bringen und sie alle darunter begraben?

Ein dunkler Umriss brach durch das Loch in der Decke. Er schlug mit einem abscheulichen Knirschen gegen den linken Kopf des Withers und krachte neben Jaina in die Mauer. Der Witherkopf wackelte und plumpste gegen die Schulter der Bestie wie ein umgeworfener Bowlingkegel.

Jaina blickte verstohlen zu der abgestürzten Lore, um sich deren plötzliches Auftauchen zu erklären. Tiefes Knurren aber lenkte ihre Aufmerksamkeit zurück zu dem dringlicheren Problem, nämlich zu dem verletzten, aber immer noch gefährlichen Wither vor ihr.

Die beiden verbliebenen Köpfe des Ungeheuers starrten Jaina zähnefletschend an, ohne den bewusstlosen dritten Schädel zu bemerken. Der Körper des Withers erzitterte, als er sich auf den Angriff vorbereitete.

Die Decke bebte erneut. Ein paar Sekunden später schoss eine weitere Lore aus dem Durchbruch über ihnen. Sie prallte auf den rechten Schädel des Withers und krachte in die Wand neben Gonquin. Der getroffene Kopf taumelte kurz und sackte auf die Schulter der Bestie. Der Schock stand noch immer in seinem knochigen Gesicht.

Der Zusammenstoß ließ den nun einköpfigen Wither um seine eigene Achse rotieren. Er taumelte quer durch den Raum, bevor er Jaina mit seinem letzten verbliebenen Verstand anglotzte. Dieses Mal war sie vorbereitet.

„Gonquin, jetzt!", schrie sie. Mit ihrem goldenen Schwert griff sie den völlig irritierten Wither an. Gonquin gesellte sich zu ihr und unterstützte Jaina geschickt. Ihre beiden Klingen bereiteten dem Ungeheuer ein Ende, bevor es überhaupt begreifen konnte, was mit ihm geschah.

Jaina beobachtete vorsichtig, wie sich der doppelt tote Körper der Bestie vor ihren Augen auflöste. Nur ein schwarzer Fleck blieb an der Stelle übrig, an der die Kreatur niedergestreckt worden war. Der Wither war weg, aber Jaina war völlig unklar, wie das geschehen war.

„Habe ich die Party verpasst?" Der Neuankömmling stützte sich an seiner Lore ab.

„Hamid!" Jaina rannte quer durch den Raum und warf sich in die Arme ihres Freundes. „Du lebst!"

„Aber nicht mehr lange, wenn du weiterhin meine Lungen zerdrückst."

„Tut mir leid." Sie trat einen Schritt zurück und hielt den Blick gesenkt. „Es ist nur, weil …"

„Nein, nein, alles ist gut." sagte Hamid schnell, bevor seine eigene Stimme versagen konnte. Er atmete einmal tief durch. „Gott sei Dank. Ich bin froh, dass ich dich wiedergefunden habe."

„Und ich dich." Eine Bewegung aus der anderen Lore fiel ihr ins Auge. „Wie ich sehe, hast du auch Whiner gefunden."

Hamid seufzte. „Ich konnte ihn beim besten Willen nicht loswerden."

Schulleiter Whiner kletterte aus seiner Lore und betrachtete die von der Decke baumelnden Schienen.

„Was ist passiert?", fragte er. „Ich rollte ganz gut voran, als plötzlich alles buchstäblich entgleiste." Er zeigte mit seinem blockigen Arm auf Hamid. „Daran bist du schuld."

„Wie kann das meine Schuld sein? Ich bin doch selbst abgestürzt."

„Du hast alles richtig gemacht", fuhr Gonquin dazwischen. Der Schweinezombie stand noch immer neben dem schwarzen Fleck auf dem Boden. „Du hast uns geholfen, den Wither zu besiegen."

„Ach, das war dieses Ding?" Hamid grinste. „Schön, dich wiederzusehen, Gonquin."

„Ich freue mich auch, Hamid“ Die Schnauze des Schweinezombies kräuselte sich, als er Whiner anblickte. „Siehe da, der mächtige Kriegsherr meines Vaters ist zurückgekehrt.“

Whiner versteifte sich, als er die Ironie in Gonquins Worten hörte.

„In der Tat“, antwortete er. „Glück für dich, dass ich gerade rechtzeitig gekommen bin, um diese Weatherkreatur zu besiegen.“

„Es heißt Wither, nicht Weather“, brummten Hamid und Jaina gleichzeitig.

„Sie haben ihn auch nicht besiegt, sondern sind einfach nur auf ihn gefallen“, machte Jaina klar. „Gonquin hat ihm letztendlich den Garaus gemacht. Sie sollten ihm dafür danken.“

Whiner rümpfte die Nase.

„Ich bedanke mich nicht bei diesem redenden Schwein. Als sein Vater mich in seinem Dorf willkommen hieß, hat mich dieser edle Prinz hier beschuldigt, ein Betrüger zu sein.“

„Sie sind ein Betrüger“, beharrte Hamid. „Sie haben nur deshalb versprochen zu helfen, weil Sie Ihre eigene Haut retten wollten.“

„Das gehört nicht zur Sache“, blaffte Whiner zurück. „Ich bin nicht hierhin zurückgekommen, um mich von einem Schweinekotelett beleidigen zu lassen."

Gonquin holte aus, um nach Whiner zu greifen. Jaina sprang dazwischen, bevor er ihn zu fassen bekam.

Whiner wich zurück und starrte den Schweinezombie mit weit aufgerissenen Augen an. „Da seht ihr es! Er will mich verletzten."

„Da ist er nicht der einzige", konterte Jaina.

„Ich habe keine Zeit für so einen Unsinn", grunzte Gonquin. „Ich muss meinen Clan retten."

Er ging durch das Loch in der Wand zurück zur Gefängniszelle.

„Welchen Clan? Habt ihr die Schweinezombiearmee gefunden? Sie sind am Leben?", wandte sich Hamid überrascht an Jaina.

„Ein wenig verängstigt, aber weitestgehend unverletzt."

„Super!" Hamid eilte Gonquin durch das Loch hinterher.

Die Soldaten hatten sich in der äußersten Ecke ihrer Gefängniszelle zusammengekauert.

„Von einer Armee kann man ja wohl kaum sprechen, wenn ihr mich fragt", stichelte Whiner.

„Es fragt Sie aber niemand!" Jaina betrat die Zelle

und half Gonquin dabei, seine Landsleute zu beruhigen. Ein haariges, weißes Köpfchen blickte zwischen den vielen Schweinezombiebeinen hervor. „Bones! Das schlaue Tier hat sich geschickt versteckt." Sie hob ihren gezähmten Wolf auf und begrub ihr Gesicht zärtlich in seinem weißen, warmen Fell.

Als die Schweinezombies ihren Prinzen gesund vor sich stehen sahen, kamen sie aus ihrem Versteck heraus. König Tamowan schien in der Gefangenschaft gealtert. Er wirkte verloren und bereits besiegt. Sein Sohn schien das Gegenteil von seinem Vater zu sein. Seine Soldaten waren jetzt frei und er ging durch ihre Reihen, sprach der Reihe nach mit ihnen und versicherte ihnen, dass ihre Flucht kurz bevorstehe.

Während die Schweinezombies neuen Mut fassten, erzählten sich Hamid und Jaina, wie es ihnen ergangen war und was sie tief unter die Schwarze Festung geführt hatte.

„Du glaubst also, Phisas Trank wird Ant entgiften?", fragte Hamid, als sie zu Ende berichtet hatte.

„Phisa scheint davon überzeugt zu sein", antwortete Jaina. „Oder hast du eine bessere Idee?"

„Nein. Solange das Endportal am See geöffnet bleibt, ist Herobrine nur einen kleinen Schritt vom Seed entfernt."

„Du meinst also, die Endermen dort am Strand sind von Herobrine geschickt worden?“

Hamid nickte. „Sie schwärmen an der Küste herum, ohne die Festung anzugreifen.“

„Weil sie es nicht können.“ Gonquin hatte seine Soldaten verlassen und trat neben sie. König Tamowan stand an der Seite seines Sohnes. „Endermen gehören nicht in dieses Reich. Sie können die Schwarze Festung nicht über den Lavasee erreichen.“

„Wahrscheinlich liegt sie außerhalb ihrer Teleportationsreichweite“, vermutete Hamid.

„Herobrine wird das gewusst haben. Warum also hat er eine Armee vom Ende hierhergebracht, wenn sie ihm nichts nutzt?“, überlegte Jaina.

„Wir müssten uns das mal aus der Nähe ansehen können“, sagte Hamid.

„Vielleicht kann ich dabei behilflich sein“, mischte sich Tamowan ein. „Ich kenne einen Ort, der perfekt dafür geeignet ist.“

* * *

Dieser ideale Ort war in Wirklichkeit ein Loch in einer Mauer.

Alle vier versammelten sich vor dem fehlenden Block.

„Ich habe es entdeckt, als die Lohen uns in unser Gefängnis führten. Nach meiner Berechnung ist dies die Außenmauer der Schwarzen Festung. Der Lavasee müsste direkt unter uns liegen."

Hamid spähte durch das Loch.

„Du hast Recht!"

Gonquin lächelte zufrieden. „Vater war immer schon unschlagbar, wenn er den richtigen Weg im Nether finden musste."

Tamowan zuckte mit den Achseln. „Jemand, der es zulässt, dass sein Clan sich verirrt, verdient es nicht, König zu sein."

Tamowan hatte sie durch kurvige Gänge und über einige Treppen an diese Stelle geführt. Whiner war mit der Schweinezombiearmee in der Gefängniszelle zurückgeblieben. Er hatte vorgegeben, sich von den Strapazen des Lorenrennens ausruhen zu müssen. Für Hamid war das in Ordnung. Er hatte Whiner zwar von einer anderen Seite kennengelernt, als sie im Nether herumfuhren, aber jetzt war er froh, die höhnischen Bemerkungen des alten Mannes nicht mehr hören zu müssen.

Gonquin hatte an beiden Enden des Ganges Wachen aufgestellt, die nach Lohen Ausschau halten sollten. Bisher hatten sie noch keine gesichtet, was

Hamid ebenso beruhigte wie beunruhigte. Er lugte noch einmal durch das Loch.

Unter ihnen erstreckte sich der Lavasee weit in den Nether hinein. Am gegenüberliegenden Ufer des brodelnden und brennenden Gewässers wartete die Endermenarmee. Hamid konnte das Endportal zwar nicht sehen, wusste aber, dass es irgendwo dort unten war. Durch dieses Portal kamen die Endermen aus ihrer Heimat im Ende hierher. Nur Herobrine war mächtig genug, im Nether ein derartiges Portal zu aktivieren. Der Herr über das Chaos war irgendwo da draußen.

Hamid spürte plötzlich das dringende Bedürfnis, aus dem Loch hervorzuspringen, quer über den Lavasee zu stürmen und Herobrine ein für alle Mal auszuschalten. Er schob diesen Gedanken schnell von sich. Geduld war gefragt. Geduld und ein Plan.

Der Netherziegel neben Hamid riss plötzlich mittendurch und brach weg. Gonquins Schnauze ragte aus dem Loch rechts neben Hamid. Links von ihm erschien Jainas Gesicht.

„Willst du die Aussicht ganz für dich allein haben?“, grinste sie.

Gonquin blickte über den See auf die Armee. „Die Endermen gehören nicht zum Nether. Wir hatten keinen Streit mit den hier lebenden Lohen, bis dieser Alphaschleim aufkreuzte. Diese dummen Kreaturen müssen zurück ins Ende verbannt werden."

Jainas Blick strich über den Lavasee und verharrte schließlich beim Schwarm der Endermen. Dann reckte sie ihren Hals und sah zu den Türmen der Schwarzen Festung hinauf. Entlang der Festungsmauern waren verräterisch glühende Verwirbelungen zu beobachten. „Es sieht so aus, als hätten sich alle Lohen für die bevorstehende Schlacht versammelt."

„Das erklärt auch, warum hier unten niemand ist", sagte Hamid.

Hoch über ihnen war ein lautes Kreischen zu hören. Weiteres Gekreische folgte. Ein halbes Dutzend Ghasts kam über der Festung in Sicht.

„Die Schlacht beginnt", sagte Jaina.

Die Ghasts flogen über den See auf die überfüllte Küste zu. Grüne Energie pulsierte durch ihre luftschiffähnlichen Körper.

„Das sind die gleichen Ghasts, die unser Dorf angegriffen haben", stellte Gonquin fest.

„Sie werden vom Schleim gesteuert." Hamid steckte seinen Kopf weiter aus dem Loch, um die heranfliegenden Ghasts besser sehen zu können. „Die Endermen werde eine Gratislektion in Brandschutz erhalten."

Die Ghasts ritten auf einer Welle aufsteigender, warmer Luft über den Lavasee. Ihr Anführer stieß einen langen und lauten Schrei aus. Die anderen antworteten mit grün gefärbten Feuerbällen. Schleimverseuchte Flammen regneten auf die eng beieinander stehenden Endermen. Explosion auf Explosion schlug in die Netherrackküste ein. Die Endermen gingen reihenweise in Flammen auf oder wurden in den Lavasee gesprengt. Über den ganzen Strand erklang das panische Summen der langarmigen Blockdiebe in den Nether hinein.

„Sie können nicht entkommen." Tränen traten in Jainas Augen.

„Sag mir bloß nicht, dass du Mitleid mit den Endermen hast." Hamid deutete weiter hinaus auf den Strand, wo eine kleine Gruppe Endermen abseits der anderen verharrte. „Ich glaube übrigens nicht, dass die Schlacht schon entschieden ist."

Ermutigt durch den Erfolg ihres ersten Angriffs kehrten die Ghasts wieder zurück, um weitere Feuerbälle niederregnen zu lassen. Aber dieses Mal waren die Endermen vorbereitet. Als die Ghasts in Reichweite kamen, waren die abseits stehenden Endermen plötzlich verschwunden. Das wütende Kriegsgeheul der Ghasts verwandelte sich in verunsichertes Kreischen. Ihre Luftschlachtformation brach auseinander und völlig verwirrt flogen sie in alle Richtungen.

„Was ist denn in die gefahren?", fragte Jaina.

„Die Frage ist eher, was auf sie gefahren ist." Gonquin zeigte auf einen Ghast, der gefährlich nah an der Festungsmauer herumtaumelte.

Eine Sekunde erkannte Jaina eine schwarze Gestalt, die sich auf dem Rücken des Ghasts bewegte. Es bestand kein Zweifel. „Die Endermen haben sich auf ihre Rücken teleportiert."

Bevor Jaina klar werden konnte, was passiert war, war es schon passiert.

Nach und nach verschwanden alle Ghasts vom Himmel. Einen Augenblick später erschien der blockige, aufgeblähte Körper eines Ghasts vor dem Endportal am Strand. Die Endermen umzingelten den gestrandeten Feind. Sie hoben das kreischende Monster in die Höhe und trugen ihn wie Ameisen in das schwarze Mittelfeld des Portals. Zügig strömten sie mit dem angsterfüllten Ghast im Schlepptau durch das Portal. Dann waren sie verschwunden.

„Haben sie den Ghast gerade ins Ende gebracht?", fragte Jaina. „Die können da doch gar nicht überleben."

„Ich glaube, das ist auch der Plan", antwortete Hamid.

Geschockt sahen die drei Freunde mit an, wie die übrigen Flugmonster durch das Portal geschleppt wurden. Nach kurzer Zeit waren sämtliche Bestien verschwunden. Das Kreischen war verstummt. Der Luftangriff war vorüber, und am Strand tummelten sich noch immer unzählige Endermen.

„Sie haben ihre Arbeit gemacht. Warum bleiben sie weiter am Strand?", fragte Hamid.

Jaina blickte zu den Zinnen hoch über ihnen. „Schau mal, wer jetzt auf das Spielfeld kommt."

Hamid reckte seinen Hals und sah, wie jemand auf die höchste Festungsmauer heraustrat. Sogar aus dieser Entfernung konnte er das böse, grüne Blinken an der blauen Diamantrüstung des Ankömmlings erkennen.

„Ant", knurrte Hamid zähneknirschend. Er widerstand dem Drang, ihm etwas zuzurufen. Er hätte seinen ehemaligen Freund gern beschimpft, doch das wäre für alle in einer Katastrophe geendet.

„Das ist nicht Ant", beruhigte ihn Jaina sanft. „Der Alphaschleim hat die Kontrolle über sein Gehirn übernommen."

Ant hatte von dort, wo er stand, einen ungestörten Blick auf die Endermenarmee, sie war direkt in seiner Schusslinie. Die grünen Linien auf seiner Rüstung leuchteten nun intensiver. Grelle Lichtkegel fielen von seinem Rücken in die Schwarze Festung hinter ihm. In seinen ausgestreckten Händen formte sich ein grüner Energieball. Die Kugel wurde größer und drehte sich in seinen Händen. Dann hob er den Ball über seinen Kopf und schleuderte ihn auf den Strand. Er segelte quer über den Lavasee, krachte auf die Endermen, explodierte bombastisch und ließ die Feuerbälle der Ghasts wie kümmerliche Knallfrösche aussehen. Die Endermen wurden über den Strand katapultiert, summten und knisterten in panischer Angst und verschwanden schließlich im Nichts.

Ant schickte weitere grüne Feuerbälle auf die Reise. Sie explodierten zwischen den verwirrten Endermen und lösten sie in Nichts auf. Hamid und Jaina mussten mitansehen, wie ihr Freund grünes Feuer auf Herobrines Armee regnen ließ.

„Die Endermen sind wirklich eine leichte Beute", stellte Jaina fest. „Sie ziehen sich weder zurück noch wehren sie sich. Was machen die da bloß?"

„Sie warten ab", erwiderte Gonquin.

„Warten auf was?"

Der Netherziegel unter Hamids Händen erbebte. Tiefes Grollen kroch die lange Frontmauer der Schwarzen Festung entlang.

Gonquin beobachtete die Festung aufmerksam. „Sie warten darauf."

Ein breites Band aus Netherziegeln brach aus der vorderen Mauer heraus und schickte eine Wolke roten Staubs über den Lavasee unter ihnen. Zuerst dachte Hamid, die Festung würde zusammenbrechen. Aber das Netherziegelband bewegte sich dafür zu langsam.

„Das ist gewollt", sagte er überrascht. „Jemand lässt die Zugbrücke herunter."

„Ich wusste gar nicht, dass es hier eine Zugbrücke gibt", sagte Jaina.

Die Zugbrücke senkte sich weiter langsam der Lava entgegen. Sie war etwa ein Dutzend Blöcke lang, in einem ziemlich schlechten Zustand und auf der gesamten Länge von zahlreichen Löchern durchsiebt. Die Seitenkanten bestanden nur noch aus halb abgebrochenen Blöcken. Sie hatte mit Sicherheit schon bessere Zeiten gesehen und war ursprünglich wohl auch länger gewesen.

„Die ist ja gar nicht mehr zu gebrauchen", sagte Gonquin. „Abgebrochen und nur noch halb so lang, wird sie den Lavasee nicht überspannen."

„Das muss sie auch nicht", sagte Jaina.

Kurz bevor die Brücke stoppte, hatten die Endermen sie schon gekapert, obwohl sie nur halb über den

See ragte. Das aber genügte schon, und in Sekundenschnelle hatten sich Dutzende von ihnen vom Strand aus auf die heruntergelassene Zugbrücke teleportiert. Einer nach dem anderen teleportierte sich weiter von der Brücke nach oben auf die Festung. Innerhalb eines Augenblicks waren die Festungsmauern überrannt. Lohen und Witherskelette versuchten verzweifelt, die Angreifer zurückzuschlagen.

„Jetzt erst beginnt die wahre Schlacht", stellte Hamid fest.

„Die Zugbrücke ist von innen für die Endermen heruntergelassen worden." In Jainas Kopf schwirrte es, als sie die violettäugigen Soldaten auf die Brücke schwärmen sah. „Aber von wem? Wer wollte ihnen denn helfen?"

Durch die heruntergelassene Zugbrücke war das Tor zur Schwarzen Festung aufgestoßen worden. In dem mächtigen Torbogen stand der einzige, der den Schleim hatte verraten können. Der einzige, der Herobrine die ganze Zeit über die Treue gehalten hatte. Der einzige, der den Endermen ins Gesicht starren und später davon erzählen konnte. Hamid stieß seinen Namen aus wie einen Fluch.

„Whiner."

Kapitel 20

Niemand war glücklich über die Entscheidung, sich aufzuteilen.

„Ich möchte das eigentlich nicht." Tamowan stampfte mit seinem alten Huf auf den Netherziegelboden. „Es ist zu gefährlich."

„Wir haben keine andere Wahl, Vater", versuchte Gonquin, ihn zu überzeugen.

„Doch, wir haben eine", sagte der König gereizt. „Die Schweinezombies sind an diesem Streit zwischen Herobrine und dem Alphaschleim nicht beteiligt. Lass uns diesen Ort verlassen und in unser Dorf zurückkehren, um es zu verteidigen. Alle anderen können machen, was sie wollen."

„Das ist auch unser Kampf." Gonquin richtete sich auf und überragte seinen Vater. „Wer auch immer heute siegt, Herobrine oder der Alphaschleim, er wird noch mächtiger zu uns kommen. Heute können wir sie noch überrumpeln. Es ist an der Zeit für die Schweinezombies, ihre Schlachten selbst zu schlagen."

„Und wer soll meine Armee in deine Schlacht führen?“, widersprach Tamowan. „Unser Kriegsherr hat uns im Stich gelassen. Ich bin zu alt, um zu kämpfen, und du bist noch nicht erfahren genug.“

Gonquins Schnauze zuckte bei den Worten seines Vaters.

„Das stimmt nicht.“ Er drehte sich zur Schweinezombiearmee um und hielt sein Schwert in die Luft. „Ich bin Gonquin, der Sohn Tamowans. Ich werde unsere Armee zum Sieg führen!“

Die Schweinezombies jubelten ihm zu.

„So, wie es aussieht, sind meine Soldaten deiner Meinung“, seufzte der betagte König. „Also gut, du wirst uns in den Kampf führen. Ich werde an deiner Seite marschieren.“

Gonquins Lächeln erstarb bei den letzten Worten Tamowans. „Nein, Vater. Du wirst hierbleiben und warten. Es ist jetzt unsere Aufgabe, in diesen Kampf zu gehen.“

„Ich bin des Wartens müde.“ Tamowan zuckte mit den Achseln. „Es ist so, wie du gesagt hast. Wir müssen für uns kämpfen. Aber dieser Krieg ist auch mein Krieg.“

„Dann werden wir Seite an Seite kämpfen.“ Gonquin wandte sich an Jaina und Hamid. „Wir werden

den Angriff der Endermen zum Stehen bringen und euch so Zeit verschaffen, damit ihr tun könnt, was ihr tun müsst."

Gonquin und Tamowan gingen zu ihrer wartenden Armee zurück. Mit neuem Selbstvertrauen bereiteten sich die Schweinezombies auf die Auseinandersetzung mit den Invasoren vor.

Hamid trennte sich nicht gern von seinen Schweinezombieverbündeten, aber sie hatten keine andere Wahl. Als Whiner die Zugbrücke heruntergelassen hatte, hatten die Endermen mit ihrem Angriff auf die Festung begonnen. Draußen auf dem Lavasee riss die endlose Welle der dunklen Gestalten nicht ab, die sich vom Strand zur Brücke und von dort hinauf auf den Turm teleportierten, wo sie Ants Lohen und Witherskelette bekämpften. Es war nur eine Frage der Zeit, bis ihre Verteidigungslinien zusammenbrechen und die Endermen ihre schmierigen Hände auf den Seed legen würden. Sobald sie den Seed hätten, würden sie sich zum Endportal teleportieren und verschwinden, bevor jemand sie aufhalten konnte. Daran hatte Hamid keinen Zweifel. Also musste das Endportal vorher zerstört werden. Sie mussten also über die Gleise zurückjagen, über die sie gekommen waren. Jaina hatte einen anderen Plan.

„Ich glaube immer noch, du solltest mit mir kommen", sagte sie. „Wir müssen Ant von dieser Schleiminfektion befreien. Die Zerstörung des Endportals wird ihn nicht retten." Sie hielt Phisas Gegengifttrank hoch. „Das aber wird ihn retten. Wenn wir Ant nicht damit bespritzen, wird er für immer in der Rolle des Alphaschleimgenerals gefangenbleiben."

„Das wäre auch egal, wenn die Endermen den Seed zuerst in die Hände bekämen", erwiderte Hamid und trat gegen einen lockeren Netherziegel. „Das ist alles meine Schuld. Ich hätte wissen müssen, dass Whiner immer noch mit Herobrine zusammenarbeitet."

„Sei nicht so streng zu dir selbst", beschwichtigte Jaina. „Er hat uns alle zum Narren gehalten. Woher hättest du das wissen sollen?"

„Weil die Endermen da draußen im Nether uns am Leben gelassen haben."

Hamid dachte an seine Höllenfahrt in der Lore zur Schwarzen Festung. „Whiner hat den Endermen direkt in die Augen geblickt, als wir am Endportal vorbeigerast sind."

„Sie haben euch gesehen und weiterfahren lassen?"

Hamid nickte. „Whiner behauptete, Herobrine würde mit seinem Gehirn kommunizieren."

Jaina ließ das Gegengift wieder in ihr Inventar gleiten. „Du glaubst also, die Endermen haben Whiner von der Zugbrücke berichtet?“

Hamid ließ den Kopf hängen und sagte nichts. Jaina rüttelte ihren Freund an der Schulter.

„Selbstmitleid hilft uns jetzt nicht“, sagte sie. „Du hast es immerhin geschafft, im Nether zu überleben. Und um unseren Schulleiter brauchst du dir wirklich keine Sorgen zu machen.“

„Wie wahr.“ Hamid blickte mit einem schiefen Lächeln auf. „Wir müssen unseren Freund und sein Schleimgehirn davor bewahren, uns alle zu vernichten.“

Jaina kicherte. „Wir werden Ant heilen, und wir werden es so tun, dass er es niemals wieder vergessen wird.“

„Er wird für alle Zeiten von meinem Server verbannt.“ Trotz der dunklen Befürchtungen, die über Hamid schwebten, verblassten langsam seine Ängste. Der einzuschlagende Weg wurde klarer.

„Es sieht so aus, als hätten wir drei Jobs auf einmal zu erledigen. Den Endermenangriff aufhalten, Ant kurieren und das Endportal zerstören.“

„Da trifft es sich gut, das wir dritt sind, um unsere Aufgaben zu erfüllen“, fügte Jaina hinzu. Am anderen

Ende des Raums hatten die Schweinezombies inzwischen eilig ein kleines Waffenarsenal hergestellt und sich in Kampfeinheiten aufgeteilt. „Gonquin wird die Schweinezombies über die Lava führen und den Angriff der Endermen stoppen."

„Währenddessen werde ich meine Rennstrecke zum Endportal zurückrasen und es zerstören. Irgendwie."

„Ja, und ich schleiche mich mit Bones nach oben und verpasse Ant einen Gegengiftcocktail. Es wird Spaß machen, irgendetwas auf ihn zu werfen", setzte Jaina hinzu.

Gonquin gesellte sich mit seinem Vater an seiner Seite zu ihnen. Der junge Schweinezombie stand mit breiten Schultern vor ihnen. Er schien angesichts der vor ihm liegenden Aufgaben neue Energie gesammelt zu haben.

„Wir sind marschbereit. Meine Soldaten haben unser Guckloch so vergrößert, dass wir ohne Probleme hindurchschlüpfen können." Er blies seinen Brustkorb auf, um seine Kraft zu demonstrieren. „Die Lavafeuer des Sees werden uns nichts anhaben können."

„Wenn du den Endermenangriff aufhalten kannst, werde ich Zeit genug haben, das Portal zu zerstören", sagte Hamid.

„Zeit genug auch für mich, Ant zu finden und ihn mit dem Gegengift zu bewerfen." Nach kurzem Zögern fügte Jaina noch hinzu: „Ich denke, es ist Zeit zum Abschied."

„Nein, kein Abschied", grunzte der Schweinezombie. „Du wirst sehen, wir werden uns nach der Schlacht wiedertreffen und zusammen feiern. Das verspreche ich dir."

Der Schweinezombie grunzte laut zu seinen Soldaten herüber und führte sie den Gang hinunter, um sich den Endermen entgegenzustellen.

Jaina und Hamid blieben allein im Dämmerlicht der Netherfestung zurück.

„Wir sehen uns auf jeden Fall wieder", sagte Hamid. „Wenn du Ant kuriert hast, gib ihm von mir einen kräftigen Schlag auf seinen Schädel."

„Betrachte es schon jetzt als erledigt", versprach Jaina. „Bis später, Hamid."

Mit dem Gegengift in der Hand rannte sie den Gang herunter. Bones heftete sich an ihre Fersen.

Hamid war wieder einmal allein. Dieses Mal aber wusste er genau, was er zu tun hatte. Viel Zeit blieb ihm jedoch nicht.

Hamid hetzte in den Raum zurück, in dem er und Whiner auf den Wither gestoßen waren. Er kletterte durch das Loch in der Decke und platzierte eine Lore auf den Schienen, die ihn hierher gebracht hatten. Auf dem Rückweg unter dem Lavasee hindurch und heraus aus der Festung nahm er kaum Notiz von der vorbeirasenden Landschaft. Er konzentrierte sich einzig auf die Aufgabe, die vor ihm lag.

„Das wird nicht allzu schwierig werden", machte er sich selber Mut. „An einer Endermenarmee unbemerkt vorbeischleichen, ihr Endportal in die Luft jagen und am besten nicht dabei sterben. Eigentlich ein Kinderspiel!", murmelte er vor sich hin.

Seine Ironie konnte seine wachsende Angst jedoch nicht wirklich vertreiben. Mit jeder Faser seines blockigen Körpers sehnte er sich danach, wegzulaufen und ein ruhiges Plätzchen im Nether zu finden, wo er sich verstecken konnte. Lediglich die Hoffnung darauf, Herobrine zu stoppen, hielt ihn in seiner Lore.

Die Glut der Lava riss ihn aus seinen Gedanken. Der See aus Feuer unter ihm tauchte den Nether in rotes Licht. Hamid rollte weiter die Gleise entlang und blickte auf den See und das Tal unter ihm.

Eine Unmenge Endermen hatte sich auf der beschädigten Zugbrücke versammelt. Sie interessierten sich nicht für den offen stehenden Eingang am Fuße der

Festung. Stattdessen teleportierten sie sich hoch auf die Befestigungsmauern.

Dort oben tobte die Schlacht. Lohen und Witherskelette beschossen und schlugen auf die Endermen ein, sobald diese wie aus dem Nichts auftauchten. Doch für jeden von einem Feuerball oder Schwert getroffenen Eindringling erschienen zwei neue und nahmen seinen Platz ein. Lange würde es nicht mehr dauern, und sie hätten die Verteidiger überwältigt, den Seed an sich gerissen und dann zurück durch das Endportal teleportiert.

Die Schlacht, die jetzt unten im Lavasee begann, konnte jedoch noch alles ändern. Hamids Bedürfnis, wegzulaufen, verflüchtigte sich, als er sah, wie Gonquins Soldaten durch die Lava zur Zugbrücke schwammen. Die Schweinezombies glitten geräuschlos durch die feurige Flüssigkeit als wäre es Wasser. Sie erklommen die Zugbrücke und umzingelten die unzähligen schwarzen Endermen. Die überraschten Eindringlinge stellten sich der neuen Bedrohung. Der Strom der zur Festung teleportierenden schwarzen Gestalten verlangsamte sich deutlich. Gonquin hatte sein Versprechen gehalten und ihnen Zeit verschafft.

Als das Endportal in Sicht kam, sprang Hamid aus seiner Lore. Schon laufend erreichte er den Boden. Die leere Lore setzte ihren Weg fort und verschwand aus dem Blickfeld. Jetzt gab es kein Zurück mehr.

Hamid rannte hinunter ins Tal und zur Küste. Das Knistern der Endermen wurde lauter, je näher er kam. Durch die Masse der vielen Körper erspähte er das Quadrat aus grünen und gelben Blöcken mit der tiefschwarzen Mitte. Das Endportal. Es war nur noch einen Katzensprung entfernt. Ein schier endloser Strom aus Endermen ergoss sich aus dem Portal. Frische Rekruten, von Herobrine für seine entscheidende Schlacht abkommandiert.

Hamid duckte sich hinter einem Netherrackfelsvorsprung. Wenn er jetzt von einem violetten Augenpaar entdeckt würde, wäre sein verrückter Plan gestorben. Das Summen der Endermen legte Hamids Gehirn lahm. Von ihrem Aussichtsposten hinter der Festungsmauer hatte die Zerstörung des Endportals so leicht ausgesehen. Doch jetzt, nur ein paar Schritte entfernt und von unzähligen Endermen umgeben, schien das ganze Vorhaben schier unmöglich zu sein.

Es war dumm von ihm gewesen zu glauben, er könne es schaffen. Es war ein Fehler gewesen, sich von Jaina zu trennen. Es würde niemals ein Wiedersehen geben.

Kapitel 21

Alles war mit Schleim überzogen.

Die Mauern glänzten von dem Glibber und die schmalen Treppen glitzerten, als wären sie mit Popeln gewachst worden. Der Alphaschleim musste ganz in der Nähe sein.

Jaina stieg weiter empor. Sie hatte schon einige Stockwerke tiefer den Überblick verloren, aber es konnte nicht mehr weit zum Dach der Schwarzen Festung sein. Bones hatte sich auf den schleimigen Stufen tapfer seinen Weg gebahnt.

Jetzt, da es keine glibberfreien Stellen mehr gab, auf denen er sich hätte fortbewegen können, nahm sie ihn wie ein Baby auf den Arm. Sie wusste, dass ein winziger Schleimtropfen ihren kleinen pelzigen Freund infizieren und in einen Knecht des Alphaschleims verwandeln würde.

Ihre eisernen Stiefel beschützten sie, aber die ätzende Säure würde sich bald durch ihre Rüstung fressen. Sie musste sich beeilen.

Auf dem Weg in die Obergeschosse der Netherfestung war sie weder Lohen noch Witherskeletten begegnet. Offenbar hatte Ant alle verfügbaren Kräfte auf die Wehrtürme verlegt, um die Endermenarmee abzuwehren. Jaina war jetzt so weit oben, dass Kampfeslärm an ihr Ohr drang.

Die Treppe endete an einem offenen Türrahmen, ungefähr noch ein Dutzend Stufen über ihr. Die oberste Ebene des Schlosses war endlich in Sicht. Durch den Torbogen vernahm sie das Knistern von Feuer und das Rauschen teleportierender Endermen. Irgendwo dort oben mussten Ant und der Alphaschleim sein. Lautlos nahm sie die letzten Stufen. Sie kauerte sich zusammen und spähte in den Raum. Bei dem, was sie jetzt erblickte, hätte sie Bones beinahe fallengelassen.

Hinter dem Türrahmen erstreckte sich ein großer, offener Raum, der von einer hohen Decke überdacht wurde. Schleimbedeckte Netherziegel säumten drei Wände der Halle, die vierte fehlte ganz. Stattdessen erstreckte sich eine zerklüftete Öffnung über die gesamte Breite des Raums und gab den Blick auf die von der Glut des Lavasees angestrahlten Wehrtürme der Schwarzen Festung frei. Entlang der Festungsmauern prallte ein wirres Durcheinander von Lohen und Witherskeletten auf Wellen von Endermen. Die

Skelette hackten wild nach den Eindringlingen, die wie aus dem Nichts erschienen.

Jaina durchschaute die Strategie der Endermen sofort. Sie kämpften nicht gegen die Lohen und Skelette. Sie stahlen sie einfach. Ein Endermen nach dem anderen teleportierte sich von der Zugbrücke nach oben, schnappte sich den nächsten Feind und verschwand. Jaina konnte sich diese Ausreise ohne Rückfahrkarte durch das Endportal ins Ende gut ausmalen. Sie schauderte bei dem Gedanken, ins lebensfeindliche Ende gezerrt zu werden.

Die schwarzen Endermen nahmen nicht nur die Verteidigungskräfte der Schwarzen Festung mit. Sie stahlen auch die Festung. Die Endermen, die nicht damit beschäftigt waren, Lohen und Skelette einzusammeln, schnappten sich Blöcke von Wänden, von Böden, einfach von allem, was auf ihrem Weg lag. Sie räumten alles in ihrer Reichweite ab und verschwanden damit durch das Endportal. Nach und nach begriff Jaina, dass hier kein stumpfsinniges Gesindel am Werk war, sondern eine ausgeklügelte Strategie befolgt wurde.

„Letztendlich werden sie auch das Objekt ihrer Begierde stehlen“, flüsterte Jaina zu Bones. Der verängstigte Hund schmiegte sich an ihre Schulter. Sein ganzer Körper zitterte. „Einer von ihnen wird auch den Seed stehlen.“

Die Endermen waren kurz vor ihrem Ziel. Auf einem Podest in der Mitte des Raums flackerte ein mächtiger, mindestens zehn Blöcke breiter Glibberwürfel. Jaina erkannte den Alphaschleim sofort. In seinem Inneren schwebte der Seed, ein braunes Oval von der Größe eines Basketballs – der Gegenstand, hinter dem die Endermen her waren, und der Grund für all ihre Qualen und Misslichkeiten in dieser Minecraftwelt.

Der Seed war von Herobrines Armee aus dem Dorf der Wächter gestohlen und von Rektor Whiner in den Nether gebracht worden. Nun schwebte er mitten in einem ekelhaften Klumpen Schleim, der sie alle zu verschlingen drohte. Ein steter Zahlenstrom ergoss sich aus dem Seed. Jeder Zahlensatz verkörperte eine mögliche Minecraftwelt und gab mit seiner Kraft Herobrine die Möglichkeit, den Fesseln dieses Servers zu entfliehen. Die Zahlen sollten eigentlich hinauf in die Luft entschweben und von den Spielern, die eigene Spielwelten erschaffen wollten, genutzt werden. Aber sie kamen nicht aus dem Schleim heraus. Stattdessen waren sie in dem Glibber gefangen und lösten sich allmählich in Nichts auf, als würde der Schleim sie verschlingen.

„Der Alphaschleim nimmt die ganze Energie auf, die in den Zahlen steckt." Jaina hielt ihren Hund noch fester. Vielleicht ermöglichten die Ziffern aus dem Seed Herobrine die Flucht, aber welchen Nutzen brachten sie dem Schleim? Sie brauchte nur durch die Öffnung des Raumes nach draußen zu blicken, um eine Antwort auf ihre Frage zu erhalten.

Die Endermen setzten ihr grausiges Werk auf der Festungsmauer fort und stahlen ihre Feinde, Netherziegel, einfach alles, was sich ihnen in den Weg stellte. Doch der Alphaschleim war nicht wehrlos. Ein dicker klebriger Tentakel wölbte sich aus seiner glibberigen Oberfläche quer durch den Raum an den Rücken eines einsamen Kriegers, der sich mit unglaublicher Kraft in die Luft schraubte und fast einhändig Herobrines vorrückende Armee aufhielt.

Jaina weigerte sich zu glauben, was sie da sah. Aber die aus einem Echten Diamanten geschmiedete Rüstung mit ihren grün pulsierenden Energielinien gespeist duch den Alphaschleim war unverwechselbar. Unter diesem klebrigen, vom Alphaschleim gelenkten Krakenarm schlitzte Ant mit seinen beiden Diamantschwertern reihenweise Endermen auf und zerhackte sie.

Obwohl sie sich blitzschnell teleportieren konnten, hatten sie nicht die geringste Chance. Sie mochten umherschwirren und Lohen oder Blöcke mit sich zerren, doch sobald sie Ant zu nah kamen, mähte er sie wie Getreide auf einem Acker nieder. Nur Ant und die Energie seiner drei Diamantschwerter standen noch zwischen den Endermen und dem Seed.

Wie erstarrt verharrte Jaina oben auf der Treppe. Eigentlich war sie hierhergekommen, um Ant zu heilen und zu retten. Aber jetzt war sie sich gar nicht mehr so sicher. Wenn sie ihn mit dem Gegengift bespritzte, wären die Endermen im Vorteil, würden den Seed an sich bringen, und Herobrine hätte gewonnen. Ant zu retten, bedeutete Verdammnis für alle.

„Was soll ich bloß tun?“, flüsterte sie verzweifelt. Der Hund winselte leise und vergrub seinen Kopf an Jainas Schulter.

Ant zuzusehen, wie er den Alphaschleim verteidigte, war hypnotisierend. Mit der Kraft des Schleims, die seine Adern durchströmte, bewegte er sich so geschickt und schnell wie der Held eines Kung-Fu-Films. Seine Schwerter waren blaue Blitze der Vernichtung. Die Endermen rollten immer wieder wie Wellen an eine Küste heran, konnten aber nicht an Ant vorbeikommen.

Dann wurden die Wellen plötzlich kleiner. Von unten herauf erklang Kriegsgeschrei und mischte sich mit dem vertrauten Grunzen und Schnauben von Schweinezombies. Gonquins Armee griff die Endermen auf der Zugbrücke an. Als der Strom der Endermen langsam versiegte und sich in ein Rinnsal verwandelte, machte sich Verwirrung unter ihnen breit. Da die Schweinezombies sie angriffen, konnte sich nur noch ein Bruchteil der Endermen auf die Festungsmauer teleportieren. Lohen und Witherskelette kehrten zurück, um sich den verbliebenen Eindringlingen zu widmen, aber sie waren verschwunden, bevor die Schwerter oder Feuerbälle ihr Ziel erreichen konnten.

Das war Jainas Chance. Sie setzte Bones auf einen trockenen Netherziegel.

„Warte hier." Zuversichtlich, aber auch voller Angst, rannte sie mit dem Gegengift in der Hand los.

Sie hatte nur ein Ziel vor Augen: Auf Ant zustürmen und dabei unbedingt den Schleimpfützen ausweichen. Sie hielt ihren Arm zum Wurf bereit. Eine Bewegung in den Schatten ließ sie innehalten.

Zwei Witherskelette brachten einen Gefangenen in den Raum. Trotz seines Diamantschwertes wirkte er ziemlich niedergeschlagen und sehr vertraut.

„Whiner!", entfuhr es Jaina.

Sie fröstelte. Ihre Füße klebten am Boden fest. Sie versuchte zu laufen, aber sie kam keinen Schritt voran. Ihre Arme wurden taub, und das Gegengift glitt ihr aus der Hand. Das Fläschchen kullerte unversehrt und harmlos über den Boden. Es gelang ihr, den Kopf zu drehen und sie sah, dass Ant auf sie zukam. Sieg spiegelte sich in seinen dunklen Augen.

„Ich war gespannt, wann du dich endlich von der Stelle bewegst“, sagte er. „Es tut mir leid, dass ich dich erstarren lassen musste, aber wer weiß schon, was du mit dem Fläschchen vorhattest.“

Der Schlachtenlärm von unten wurde immer lauter. „Es hört sich an, als hätte der Angriff eurer tapferen Schweinezombies begonnen. Das kommt mir sehr gelegen. Ich hatte schon keine Lust mehr, allein gegen diese Langeweiler von Endermen zu kämpfen.“

Um die beiden herum erledigten die Lohen und Witherskelette die wenigen Endermen, die es auf die Festungsmauer geschafft hatten.

Jaina wäre am liebsten vor Verzweiflung im Boden versunken. Von unten riss das Schreien und Grunzen der Schweinezombies nicht ab. War es Siegesgebrüll oder Todesgeschrei? Sie verfluchte sich, dass sie geglaubt hatte, sie könne Ant und den Schleim allein aufhalten.

Ant drehte sich zu den Witherskeletten und ihrem Gefangenen um.

„Da haben wir ja auch unseren alten Schulleiter." Ant schwebte auf Whiner zu. Eine klebrige Spur vernetzte ihn noch mit dem Alphaschleim und versorgte ihn wie durch eine elektrische Leitung mit Energie. „Ich glaube, jetzt ist aber Extra-Nachsitzen angesagt."

Whiners Mund öffnete sich, aber er brachte kein Wort heraus. Der Anblick von Ant ließ ihn erzittern. Er hob seinen Arm, um seinen Brustkorb zu schützen. Die Erinnerungen an seine letzte Begegnung mit seinem einstigen Schüler waren noch ganz frisch.

Jaina beobachtete das Zusammentreffen vor ihr. Aus den Augenwinkeln beobachtete sie eine kleine, weiße Gestalt, die entlang der Schatten herumschlich und sie daran erinnerte, dass sie nicht ganz allein war.

Wie ein Blitz schoss Bones über die Schleimpfützen, hob mit der Schnauze das Gegengift auf, schnellte in die Höhe und rauschte wie eine ihr Ziel anvisierende Rakete auf Ant zu. Doch mitten im Anflug kam es zur Katastrophe.

Ein angreifender Endermen taucht vor ihm auf und pflückte Bones aus der Luft. Der kleine Hund bellte verblüfft und ließ das Gegengift fallen. So schnell wie er aufgetaucht war, so schnell teleportierte sich der Angreifer mit seiner Beute davon. Bones war verschwunden.

„Bones!“, kreischte Jaina vor Schreck.

Ants Gelächter durchbrach Jainas Schock.

„Dieser kümmerliche Wicht hätte mich beinahe erwischt!“, schnaubte er.

Der Boden unter Ants Füßen brutzelte wie ein Spiegelei in der Pfanne. Schwarzer Rauch stieg auf.

Jaina lächelte. „Ich muss dich korrigieren. Er hat einen Volltreffer gelandet!“

Ants Blick folgte dem Rauch bis zur zersprungene Flasche neben seinen Füßen. Schwarze Tupfen bildeten sich dort, wo die Flüssigkeit den Schleim berührt hatte. Die Flecken fraßen sich längs der klebrigen Verbindung bis zum Alphaschleim.

Entsetzt musste Ant mit ansehen, wie das Gift sich anschickte, den Schleim zu bearbeiten. Eine dunkle Kruste bildete sich auf seiner Oberfläche und verwandelte die klebrigen Innenseiten des Glibberwürfels in eine verschmorte, trockene Hülse. Der Tentakel, der Ant hochhielt, vertrocknete zu einer spröden Brücke verbrannter Pampe. Sie riss wie eine Eierschale auf und zersplitterte. Ant fiel mit einem dumpfen Aufschlag zu Boden.

„Das darf doch nicht wahr sein!“ Ant kam wieder auf die Beine. Seine Diamantrüstung pulsierte mit einem wütenden, grünen Leuchten.

Die letzten beiden Endermen, die dem Angriff von Gonquin und seinen Schweinezombies auf der Zugbrücke entkommen waren, tauchten vor dem Schleim auf. Der erste versuchte, sich Ant zu schnappen und ihn in seine Welt zu zerren.

„Bleib mir vom Leib!" Ant hielt sein Diamantschwert abwehrend in die Luft. Spuren von grüner Energie durchzogen die Klinge, aber Ant war zu verblüfft, um anzugreifen. Er taumelte zurück, krachte auf Whiner und beide fielen auf den Boden.

Der zweite Enderman steckte seine Hände in den sterbenden Schleim und griff nach dem Seed. Endlich hielten sie ihre Beute in den Händen. Die beiden Endermen verschwanden und nahmen den Seed mit.

Einen Moment lang war es totenstill. Dann wurde die Stille durch ein donnerndes Knacken unterbrochen. Der Alphaschleim, jetzt nur noch eine verkohlte Kruste, zerfiel zu Staub.

Der eiserne Griff der grünen Kraft um Jaina löste sich. Sie stolperte weg von der toten Kreatur. Phisas Gegengift hatte besser gewirkt als erwartet, aber was nutzte das schon? Bones war verschwunden, wahrscheinlich im Ende gefangen. Außerdem hatten die Endermen den Seed, auf dem Weg zu Herobrine. Sie waren gescheitert.

Ein blaues Glühen breitete sich an der Stelle aus, an der Ant und Whiner sich wieder aufgerappelt hatten. Jaina erkannte dieses Glühen sofort. Seitdem sie in Minecraft hineingezogen worden war, hatte sie in jeder Sekunde darauf gehofft. Aber nun war es das Letzte, was sie sehen wollte.

„Das kann doch gar nicht sein“, murmelte sie zu sich selbst.

Whiner hob sein Diamantschwert vom Boden auf. Die Klinge glühte brilliantblau. Ants zwei Schwerter erleuchteten den Raum mit der gleichen Intensität. Seine Rüstung durchzogen noch die grünen Kraftlinien des Alphaschleims, gingen aber durch das Brilliantblau der Klingen unter.

„Vier werden zu einem.“ Jaina erinnerte sich an diese Worte, die sie schon vor so langer Zeit gehört hatte, bevor all diese Märsche und Kämpfe begonnen hatten.

„Wovon redest du?“ blaffte Whiner.

Vielleicht lag es ja an Phisas Trank oder an der Kraft des Schleims.

Es war Jaina egal. Ants aus einem Echten Diamanten hergestellte Rüstung und die drei Echten Diamantschwerter waren letztendlich aufeinandergetroffen und irgendwie aktiviert worden.

Das blaue Licht beleuchtete die Festungsanlagen. Es erfüllte die Kommandozentrale des Schleims und verschluckte sie alle. Die Anspannung fiel von ihr ab.

„Wir gehen jetzt nach Hause“, sagte Jaina erleichtert.

Das blaue Licht durchflutete sie alle. Jainas blockiger Körper begann sich zu ändern, dehnte sich in alle Richtungen aus und verdichtete sich dann wieder in eine. Mitten in diesem Chaos verwandelte sich das Glücksgefühl mit nur einem Gedanken plötzlich in Panik. Er rüttelte sie durch und ließ sie nicht mehr los.

Sie hatten Hamid zurückgelassen.

Kapitel 22

Hamid hatte sich noch nie so einsam und verlassen gefühlt.

Das Summen der Endermen um ihn herum wollte nicht aufhören. Die schlaksigen, dunklen Gestalten mit ihren violetten Augen und todbringenden langen Armen drängelten sich an der Küste des Lavasees. Hamid kauerte hinter einer kleinen Felsnase aus Netherrack und hielt eine Spitzhacke in seinen Händen. Er wartete auf eine Gelegenheit, hinauszustürzen und das nur ein paar Schritte entfernte Endportal zu zertrümmern. Doch er blieb aus Angst wie angewurzelt am Boden hocken. Wie dumm von ihm zu glauben, er könne ganz allein hier herausfahren, sich um die wachsamen Augen der Endermen herumschleichen und ihr Portal zerstören.

Hamid war eigentlich sehr vorsichtig vorgegangen. Bisher hatte er es vermeiden können, den Endermen direkt in die Augen zu blicken. Damit hätte er sofort ihre Aufmerksamkeit erregt. Eine solche Einladung hätte den sicheren Tod bedeutet. Er hatte sie aus dem äußersten Winkel seines Blickfeldes beobachtet und wartete nun auf eine Gelegenheit, die wohl niemals kommen würde.

Ein nicht enden wollender Strom langarmiger Monster ergoss sich aus dem Portal. Eine fast gleich große Zahl quoll zurück ins Portal. Jeder von ihnen trug zurück zu ihrem Meister entweder einen gestohlenen Netherziegel, ein strampelndes Witherskelett, einen quiekenden Schweinezombie oder gar eine knisternde Lohe, alles Feinde, die sie auf dem Schlachtfeld in der Schwarzen Festung gefangen hatten. Hamid wollte sich lieber nicht ausmalen, was mit den Kreaturen des Nether in dieser leblosen Welt des Ende geschehen würde. In einem so feindseligen Land, das sogar Herobrine gefangen halten konnte, würden sie kaum lange überleben.

Mit schmerzenden Beinen und schwindender Hoffnung überlegte Hamid, ob er sich nicht zu den Schienen zurückziehen sollte. Wenn er sich beeilte, könnte er es vielleicht rechtzeitig zurück zur Festung schaffen und Jaina dabei helfen, Ant zu heilen. Er sollte dort sein und nicht hier, ganz allein auf schier unmöglicher Mission. Die Sehnsucht nach seinen Freunden nahm Besitz von ihm und trieb ihn zum Handeln.

Ohne weiteres Zaudern stand er auf und lief zurück. Die Augen fest auf den Boden gerichtet, sodass die herumschwirrenden Endermen keine Notiz von ihm nahmen, schlich er sich zu den Schienen. Er ignorierte das Knistern der Endermen und das Kriegsgegrunze der Schweinezombies, kletterte auf den Felsen und verließ das Tal. Aber das blaue Licht konnte er nicht ignorieren.

Die Mauern der Schwarzen Festung drüben auf der anderen Seite des Sees explodierten in hellem Licht. Das Licht färbte den feurigroten Nether in ein Blau, dass Hamid überall wiedererkannt hätte.

„Die Echten Diamanten", rief er aus.

So schnell das leuchtendblaue Glühen gekommen war, so schnell verschwand es auch wieder und mit ihm jedes Fünkchen Hoffnung, das Hamid noch geblieben war. Seine Freunde waren fort. Er konnte ihre Abwesenheit körperlich spüren, so als litte er unter großem Hunger. Er fühlte eine nie gekannte Leere. Alle waren weg. Ant, Jaina, Whiner. Sie hatten ihn aufgegeben, ihm dem Nether überlassen.

Unten auf der Zugbrücke trieben die Schweinezombies ihre Gegner an die Küste zurück. Ein paar übrig gebliebene Endermen, die der Explosion auf der Festungsmauer entkommen waren, erschienen mit ihren geraubten Netherziegeln auf der Brücke. Sie wichen den angreifenden Schweinezombies aus und teleportierten sich zum Endportal zurück.

Hamid beobachtete das ganze Spektakel von seinem Hochsitz aus wie ein Zuschauer ein Fußballspiel. Die Endermen kehrten mit ihren nutzlosen Blöcken zu Herobrine zurück in der Hoffnung, dass einer von ihnen schon den richtigen Block in die Hände bekommen hatte. Dann entdeckte er ihn schließlich.

Mitten im Gewühl der sich zurückziehenden Angreifer hielt einer von ihnen einen ungewöhnlichen, braunen, ovalen Block auf seinen langen Armen, aus dem lange Zahlenreihen wie Rauch in die Luft aufstiegen. Hamid hätte den Seed überall wiedererkannt.

Der Endermen, der den Seed trug, wich zwei Angreifern aus und verschwand augenblicklich von der Zugbrücke, tauchte am Strand wieder auf und steuerte auf das Endportal zu.

Hamid fasste neue Hoffnung und stieg wieder ins Tal hinab. Er warf sich in das Getümmel der Endermen am Strand. Er mochte ja in Minecraft für immer gefangen sein, aber noch konnte er Herobrine daran hindern, zu fliehen und die wirkliche Welt zu zerstören.

Die Endermen summten verwirrt, als Hamid durch sie hindurch hastete. Einige versuchten, nach ihm zu greifen. Er beachtete ihre Blicke nicht und wich ihren Armen aus, scherte sich nicht darum, dass er bemerkt worden war. Das Herumschleichen hatte ein Ende. Die Zeit des Versteckens war vorbei. Nun galt es zuzuschlagen. Mit schnellen Schritten bahnte er sich seinen Weg durch die Endermenmenge. Sein Schwert erschien in seiner Hand. Er konzentrierte sich jetzt nur auf den einen Gegenstand, der zählte, auf den Seed.

Dieser war nur noch ein paar Schritte vom Endportal entfernt. Hamid lief, so schnell ihn seine blockigen Beine tragen konnten, über den Strand. Er war nicht schnell genug. Für einen Angriff auf den Endermen und einen Kampf um den Seed war es zu spät. In ein paar Sekunden würde die Kreatur mit dem Seed durch das Portal gegangen und der Seed für immer verloren sein.

Die Welt um Hamid schien sich plötzlich nur noch in Zeitlupe zu bewegen. Das Meer der schwarzen Körper kam zum Stillstand. Ein Gesicht erschien über dem Endportal. Zwei riesige Augen, groß wie eine Supernova, durchschnitten die flammendrote Landschaft. Herobrine war gekommen, um seine Beute in Empfang zu nehmen.

Als Hamid Herobrine erkannte, ließ er alle Hoffnungen fahren. Es gab keinen Ausweg mehr. Seine Freunde waren fort. Er war allein und saß in der Falle. Aber noch war er nicht besiegt.

Am Portal angekommen, sammelte Hamid seine letzten Kräfte und warf sich mit seinem ganzen Gewicht auf den schlaksigen Körper des Biestes. Ein Schlag würde genügen, um den Enderman niederzustrecken und Herobrines Pläne vorerst zu durchkreuzen.

Der Enderman wich keinen Zentimeter von seinem Weg ab. Er beachtete die neue Fracht, die ihm am Rücken hing, überhaupt nicht und stapfte durch das Endportal. Die Feuer des Nether verblassten. Hamid und der Endermen mit seiner Beute wurden von der Finsternis der großen Leere verschlungen.

Hinter dem Nichts tauchte ein Horizont auf. Mit großen, selbstbewussten Schritten trug der Enderman sie immer tiefer in die neue Landschaft. Als die Umgebung deutlicher wurde, schüttelte der Enderman ihn von seinem Rücken ab.

Hamid stolperte leicht, als seine Füße das neue, unbekannte Gelände berührten. Soweit seine Augen reichte, bildeten fahle, gelbe Blöcke die Landschaft. Vor ihm lag ein flaches, offenes Land, das sich in der

Ferne zu kleinen Hügeln erhob. Über ihm wölbte sich ein dunkler Himmel, so finster, wie der Enderman, der ihn hierher getragen hatte. Hamid fühlte sich so düster wie der Himmel über ihm. Kein Zweifel, er war im Ende gestrandet.

Die schwarze Gestalt, die Hamid durch das Portal befördert hatte, trat zur Seite und starrte ihn mit ihren violetten, Tod verheißenden Augen an. Der Seed in ihren Händen spuckte weiter Zahlen in die Luft.

Elektrostatisches Knacken umgab Hamid, als wäre das ganze Land ein großes Radio auf der Suche nach einem Sender. In einiger Entfernung leuchtete es am Horizont weiß auf. Mit jedem Herzschlag kam das Licht näher, verbreitete sich über die Hügel und erhellte die Ebene. Als es den Himmel über Hamid erreicht hatte, wurde es kühl. Zwei große Augen blickten durch das helle Licht, und Hamid wusste, dass Herobrine angekommen war.

„Gut gemacht." Herobrines Worte schlugen wie ein elektrischer Schock in seinen Schädel ein. Wie an den Himmel projiziert, schwebten die Augen bedrohlich über ihm. „Du hast mir den Seed gebracht und dich selbst gleich mit. Der Austausch kann jetzt stattfinden."

„Austausch? Wovon reden Sie?" Hamid hatte seine Sprache wiedergefunden.

„Der Seed ist nur einer der Schlüssel, die es mir ermöglichen, meinem Gefängnis zu entkommen.“ Das war die Stimme eines selbstgefälligen Siegers. „Ich benötige außerdem irgendjemanden, der meinen Platz in dieser erbärmlichen Welt einnehmen wird.“

„Irgendjemanden?“ Hamid schaute sich um, aber da war außer ihm nur der Seedtransporteur, der inzwischen in den Frozen-Robot-Modus versetzt worden war und bewegungslos auf der Stelle verharrte. Hamid richtete sich an Herobrine oben in der Luft. „Worüber sprechen Sie da eigentlich?“

„Hat Bano es dir nicht erklärt?“ Gespenstisches Gelächter ertönte über der leblosen Landschaft. „Mein Gefängnis darf nicht ewig leer stehen. Jemand muss meinen Platz einnehmen. Whiner sollte eigentlich dieser Jemand sein. Aber du kannst das ebenso gut machen. Du wirst hierbleiben, während ich endlich frei umherstreifen kann.“

Diese Zukunftsvision traf Hamid wie ein Baseballschläger. Deshalb also sollten die Endermen Whiner zu Herobrine bringen. Er wollte dem Schulleiter keinen Preis überreichen. Er wollte einfach nur mit Whiner den Platz tauschen und so aus dem Ende fliehen. Herobrine hatte eine Falle gestellt und Hamid war auf direktem Weg hineinspaziert.

„Jetzt hast du es endlich begriffen.“ Herobrine kicherte in sich hinein. „Du bist nicht hier, um mich aufzuhalten. Du bist hier, um mir zu helfen. Dafür werde ich dir ewig dankbar sein. Diese Ewigkeit wird so lange dauern wie dein Aufenthalt hier im Ende.“

Große Leere erfasste Hamid. Je lauter das Gelächter wurde, desto größer wurde das weißäugige Antlitz Herobrines. Sämtliche Überzeugungen und Träume Hamids fielen in sich zusammen.

„Jetzt hat für dich die Zeit der Gefangenschaft begonnen“, unterbrach Herobrine sein Lachen. „Ich hingegen werde meine Zukunft in Freiheit genießen.“

Der Enderman neben Hamid kam wieder zu Bewusstsein. Er hob den Seed in die Höhe und übergab ihn dem über ihnen schwebenden Herobrine. Beide vereinigten sich in einer gigantischen Lichtexplosion, die Hamid zu Boden warf.

Dann herrschte absolute Stille. Das Licht am Himmel war erloschen und hatte den Enderman, Herobrine und den Seed mit sich genommen. Hamid war völlig allein.

Sein Körper war schwer wie ein Stein. Er musste all seine Kraft aufwenden, um nicht umzufallen.

Er war umgeben von leblosen, gelben Ziegeln, wohin er auch blickte. Sie endeten nur am sternenlosen schwarzen Himmel. Hier würde sich kein Leben entwickeln. Es gab kein Entrinnen.

„Herzlich willkommen im Ende", murmelte er in die trostlose Landschaft, die von nun an sein Gefängnis war.

Kapitel 23

Der Geschichtsteppich müffelte nach Popeln.

Jaina schlug die Augen auf. Bücherregale säumten den dicken, blauroten Teppich, auf dem sie während der vielen Märchenstunden im Hort gesessen hatte. Sie richtete sich auf und schaute sich langsam um. Sie war tatsächlich in der Schulbibliothek.

„Wir sind zurück." Jaina schnappte nach Luft.

Aus der Computerecke gegenüber den Bücherregalen war ein leises Ächzen zu vernehmen. Jaina lief zu den Computern und sah, wie Rektor Whiner aufstand und sich seinen kahlen, ziemlich runden Kopf rieb. Erstaunt riss er seine Augen auf, als er die Umgebung erkannte.

„Wir sind zurück."

„Das sagte ich schon." Jaina blickte ihn finster an.

Der alte Mann quälte sich in einen der Plastikcomputerstühle. Er trug wieder diesen zerknitterten, braunen Anzug. Die wenigen Haare auf seinem Kopf zeigten wild in alle möglichen Richtungen, als hätten sie die Absicht der Kopfhaut zu entfliehen. Na klar, das war der alte Mr. Whiner, wie er leibt und lebt. Kugelrunder Bauch und feiste Hände. Mein Gott, und was für Hände!

Jaina untersuchte ihre Arme. Ja, da waren ihre Hände. An jeder Hand fünf Finger. Wie es sein sollte. Sie bewunderte die sanften Rundungen ihrer Körperteile, die endlich nicht mehr so hölzern und eckig waren, wie sie sie zuletzt in der Schwarzen Festung gesehen hatte.

„Nachdem die vier Diamantschwerter zusammengetroffen sind, wurden sie aktiviert und haben uns wohl zurück in unsere Schule gebracht, dorthin, wo alles angefangen hat."

Whiner zog etwas unter seinem Stuhl hervor.

„Hiermit hat alles begonnen." Er hielt ein leicht beschädigtes, blaues Schaumstoffschwert in die Luft. Es war das Schwert, das er damals Ant abgenommen hatte und durch das sie in Minecraft gesaugt worden waren. „Ich habe es festgehalten, als wir wieder hierher zurückgeschickt wurden."

Die Tür zur Bibliothek öffnete sich. Mr. Rodinaldo trat mit einem Stapel Bücher auf dem Arm herein. Als er Jaina und Rektor Whiner sah, stolperte er und ließ sämtliche Bücher zu Boden fallen.

„Ihr seid zurück“, stammelte er mit zitternden Lippen.

„Ja, wir haben es geschafft, Mr. Rodinaldo.“ Whiner erhob sich aus seinem Stuhl. „Und jetzt müssen wir sicherstellen, dass dieser Wahnsinn nicht noch einmal passiert. Helfen Sie mir, diese ganzen Computer herunterzufahren. Wir müssen sie loswerden.“

„Nein, nicht!“ Jaina stellte sich zwischen Whiner und den nächsten Computer. „Wir müssen sie eingeschaltet lassen.“

„Genau das habe ich getan“, stimmte Mr. Rodinaldo zu. Er bewegte sich Richtung Computer und ließ die beiden, als hätte er sie zum ersten Mal gesehen, nicht aus den Augen. „Ich habe deine Nachricht erhalten, Jaina. Auf dem Computer.“

„Es funktioniert also!“, sagte sie aufgeregt. „Ich habe es gewusst.“

„Was funktioniert?“ Whiner sah Jaina mit wachsendem Mistrauen an.

„Du hast geschrieben, dass du zurückkehrst“, sagte Mr. Rodinaldo, ohne den Schulleiter zu beachten. „Du bist zurückgekommen. Aber wo seid ihr gewesen?“

Jaina lächelte. „Das ist eine sehr lange Geschichte, Mr. R.“

„Die Geschichte müssen wir nicht wiederholen.“

Whiner trennte den ersten Computer vom Netz. Das Summen des Ventilators erstarb mit einem Wimmern. Er zog ein weiteres Stromkabel aus der Steckdose. Auch dieser Computer schaltete sich ab.

„Halt!“ Jaina schrie auf. „Die Computer sind die einzige Verbindung, die wir noch haben!“

„Genau deshalb müssen wir diese Geräte ja zerstören.“ Das Stromkabel hing kraftlos in seiner geballten Faust. „Ich will nicht noch einmal erleben, dass jemand in diese Welt gesaugt wird.“

„Aber Hamid ist noch dort!“ Jaina erinnerte sich an ihre letzten Augenblicke in der Netherfestung. Tränen traten in ihr in die Augen. „Wir haben ihn dort zurückgelassen, haben Sie das schon vergessen? Er sitzt da immer noch fest.“

„Wo sitzt er fest?“, fragte Mr. R.

„In Minecraft!“

„Mach keine Witze, Jaina.“ Mr. Rodinaldos Gesicht verfinsterte sich. „Deine Mutter ist krank vor Sorge um dich. Du bist gestern nach der Schule nicht nach Hause gekommen. Die Polizei hat nach dir gesucht. Das betrifft auch Sie, Whiner. Der Schulrat war heute Morgen hier und hat nach Ihnen gefragt. Und nun kreuzen Sie hier auf und wollen mir erzählen, Sie seien in einem Computerspiel gefangen gewesen?“

Jaina war sprachlos. Ihre Mutter musste außer sich gewesen sein vor Sorge. Wie sollte sie ihr das alles erklären? Wenn schon Mr. R. ihr nicht glaubte, würde es wohl niemand tun.

„Es ist wahr“, bestätigte Whiner. Der Schulleiter schaute auf den leeren Bildschirm. „Jaina sagt die Wahrheit. Wir alle wurden in diese Geräte gesogen. Wir waren tatsächlich mitten in diesem Spiel. In Minecraft.“

Mr. Rodinaldo blickte von Jaina zu Whiner und schließlich wieder zu Jaina. Verwirrung machte sich in seinem Gesicht breit.

„Sie haben gesagt, Sie hätten meine Nachricht erhalten“, begann Jaina. „Ich habe das aus dem Spiel geschrieben. Da Sie den Computer eingeschaltet ließen, konnten wir mit der wirklichen Welt in Verbindung bleiben. Wir sind genau hier wieder gelandet, weil Sie uns geglaubt haben, Mr. Rodinaldo. Jetzt müssen Sie uns weiterhin glauben.“

„Warum?“, stammelte Mr. R., als er seine Stimme endlich wiedergefunden hatte.

„Weil Jaina Recht hat. Ich war ein Idiot. Hamid ist noch in großer Gefahr. Wir müssen ihn da rausholen.“

Jaina war erneut sprachlos. Hatte Whiner sich gerade selbst als Idioten bezeichnet?

Der Schulleiter steckte das Stromkabel zurück in die Dose und schaltete den Computer wieder an.

Noch nicht katalogisierte Bücher flogen im Büro des Bibliothekars in die Luft. Rauch zog aus dem winzigen Raum. Eine Gestalt schlüpfte aus dem Büro in die Bibliothek.

„Warum dreht sich alles immer nur um Hamid? Macht sich vielleicht irgendwer auch mal Sorgen um mich?"

„Ant!" Jaina verschlug es fast die Sprache. „Du hast es auch geschafft?"

„Das scheint aber niemanden wirklich zu interessieren." Ant trug noch immer seine blaue Rüstung und hielt ein Diamantschwert in jeder Hand. Grüne Kraftlinien durchzogen seine Rüstung.

Er schwebte in der Luft wie ein Traumwesen. Sein blockiger Mund verformte sich zu einem bösartigen Zähnefletschen. „Niemand hier hat es besonders eilig, mich zu retten."

„Wir haben uns Sorgen um dich gemacht, Ant", erwiderte Jaina.

Angestrengt versuchte Jaina, klar zu denken. Ihr Freund lebte und stand jetzt vor ihr. Aber nicht wirklich. Ant sah immer noch aus wie eine Minecraftfigur. Sein Körper war eine Ansammlung von Blöcken.

Seine Schwerter steckten in den Armstümpfen, und durch seine Rüstung floss weiterhin grünes Gift. Ant war zwar hier in der realen Welt angekommen, doch er war noch infiziert und gefährlich. Aber wie war das möglich? Sie hatte doch gesehen, wie Phisas Gegengift den Alphaschleim vernichtet hatte.

„Wie konntest du …?“ Sie verschluckte ihre Frage. „Du bist ja immer noch blockig!“

„Ist das nicht irre?“ Ant hatte einen stechenden grünen Blick. Seine Stimme brodelte wie eine finstere Drohung. „Hast du wirklich geglaubt, dieses bisschen Gegengift könnte mich völlig zerstören? Ich bin der Alphaschleim. Ich bin so alt wie der älteste Block. Ich werde noch da sein, wenn alles andere schon zu Staub zerfallen ist.“

Jaina blickte in die grellen, grünen Augen des Schleims.

„Was hast du mit Ant gemacht? Verlasse meinen Freund oder du wirst derjenige sein, der zu Staub zerfallen wird.“

„Reg dich nicht auf, Jaina“, kicherte Ant. Seine grünen Augen trübten sich und seine Stimme wurde wieder normal. „Ich bin immer noch hier und sehr glücklich mit meinem neuen Ich.“

Whiner stellte sich neben Jaina.

„Anthony Thistle! Hör sofort mit diesem Unsinn auf!“

Als Ant seinen vollen Namen hörte, wandte er sich an Whiner. „Warum sollte ich? Schließlich kann ich so etwas!“

Ein grüner Feuerball zischte aus dem Diamantschwert und schlug in den Geschichtsteppich ein. Die Mischung aus billigem Stoff und Jahre altem Dreck ließ den Teppich in Flammen aufgehen.

„Das wollte ich schon in der ersten Klasse mal machen!“ Ants Gelächter fachte die grünen Flammen weiter an.

„Hör zu, Ant“, rief Mr. Rodinaldo. „Zieh endlich dieses alberne Kostüm aus. Das Spiel ist vorbei.“

„Vorbei, Mr. Rodinaldo?“ Ant richtete sein Schwert gen Himmel. „Da liegen Sie aber völlig falsch.“

Er ließ eine weitere Explosion grünen Feuers folgen. Die Flammen zerbröselten die Deckenkonstruktion, brannten sich durch drei Etagen und fraßen ein Loch in das Dach der Schule. Tageslicht strahlte von oben herab.

„Nichts ist vorbei!“ Ant grinste höhnisch. „Es hat gerade erst begonnen.“

Ant ritt auf einer grünen, giftigen Energiewelle, schoss durch das Loch in der Decke und flog in den

Himmel. Nach ein paar Sekunden war er verschwunden.

Jaina hatte wieder festen Boden in der runden Welt der Realität unter den Füßen. Aber sie wusste auch, dass Ant Recht hatte.

Die wahre Schlacht um Minecraft hatte gerade erst begonnen.

In Band 3, *Flucht aus dem Ende,* geht der Kampf um die Würfelwelt weiter ...

Eine Flut langgliedriger, summender Körper ergoss sich auf den Schulhof und quer über den Kinderspielplatz.

Aber sie kamen nicht näher. Sie verteilten sich bis in die letzten Winkel des Schulhofs. Kurz vor dem Zaun hielten sie an und verharrten dort stumm.

„Was tun sie da?“, fragte Mr. Rodinaldo.

„Sie warten auf Befehle.“ Whiners Stimme war kaum mehr als ein Flüstern. „Das habe ich schon einmal gesehen.“

Jaina konnte den vierarmigen Enderfreak nicht entdecken, aber sie wusste genau, dass er irgendwo in der Menge steckte.

Plötzlich hatte jeder Enderman einen Obsidianblock in der Hand. Wie eine Armee aus Ameisen legten sie alle die Blöcke um das Schulgrundstück herum nebeneinander auf den Boden. Einen nach dem anderen, Block für Block, bis die Blöcke in einer Reihe das gesamte Schulgelände umsäumten. Die Endermen setzten eine neue Reihe auf die soeben fertiggestellte, dann eine weitere und so fort. Im Rhythmus ihres Summens fügten sie Block auf Block hinzu.

Mit gerunzelter Stirn beobachtete Kommissar Gruber die Endermen. „Was machen sie jetzt?“

„Sie bauen“, stöhnte Whiner. „Das ist schlecht. Sehr schlecht!“

Die Obsidianmauer wuchs immer höher. Jaina konnte das Schulgebäude schon nicht mehr sehen. Bald umgab die Mauer aus unzerstörbarem Stein das gesamte Grundstück.

Kommissar Gruber verschränkte die Arme und schien nicht besonders beeindruckt. „Und was bauen sie da?“

„Eine Festung“, sagte Jaina besorgt. „Sie bereiten sich auf einen Krieg vor!“

Battle of the Blocks 3.
Flucht aus dem Ende.
ISBN 978-3-7415-2169-0

Ab Juni 2017 überall im Buchhandel und unter **ullmannmedien.com** erhältlich.

Hamid ist gefangen. Ant ist fremdgesteuert. Herobrines Invasion beginnt.

Hamid, Jaina und ihre Verbündeten hatten geglaubt, der Kampf wäre vorbei, doch Jaina muss mit Schrecken feststellen, dass sie unbeabsichtigt Herobrine sogar geholfen haben!

Schlimmer noch, Hamid ist am schrecklichsten Ort in Minecraft gefangen … im Ende.

Bei seinem Versuch einen Ausweg zu finden, geht Hamid einen Pakt mit einem Monster ein, das sie alle zerstören könnte.

Spitzhacken bereithalten, denn der finale Kampf um die Würfelwelt steht an!

Über den Autor

Liam O'Donnell ist ein preisgekrönter Autor zahlreicher Bücher für junge Leser.

Außerdem ist er Grundschullehrer in Toronto, Kanada. Wenn er nicht schreibt oder unterrichtet, spielt er am liebsten Minecraft, züchtet Tomaten und wünscht sich ein eigenes Häuschen.